鱼吻

布老虎中篇小说

孙频 著

北方联合出版传媒（集团）股份有限公司
春风文艺出版社
·沈阳·

图书在版编目（CIP）数据

鱼吻 / 孙频著. —沈阳：春风文艺出版社，2017. 8
（布老虎中篇小说）
ISBN 978-7-5313-5298-3

Ⅰ. ①鱼…　Ⅱ. ①孙…　Ⅲ. ①中篇小说—中国—当代　Ⅳ. ①I247.5

中国版本图书馆CIP数据核字（2017）第174405号

北方联合出版传媒（集团）股份有限公司
春风文艺出版社出版发行
http://www. chunfengwenyi. com
沈阳市和平区十一纬路25号　邮编：110003
辽宁奥美雅印刷有限公司印刷

责任编辑：张玉虹　刘　维　**责任校对：**潘晓春
装帧设计：黄　宇　**幅面尺寸：**130mm×185mm
字　　数：110千字　**印　　张：**6
版　　次：2017年8月第1版　**印　　次：**2017年8月第1次
定　　价：20.00元　**书　　号：**ISBN 978-7-5313-5298-3

目录

醉长安

一

孟青提在这个晚上忽然有种奇怪的不安。

这缕不安像根若有若无的蚕丝一样绕着她，缠绕在她身体的某个部位上。她看不见它，却觉得它就在那里。那缕蚕丝带着它自身的黏性像一只动物一样静静地伏在那里，等着她。

她有些轻微地害怕，下意识地看了看周围。她正坐在自己的房间里，正坐在桌子前的台灯旁，一切都没有什么不正常。那缕熟悉的灯光像结在枝头的果实一样稳妥，一切都是熟悉到不能再熟悉，严严实实的像砖头一样砌在她周围。灯光很专注，在屋子里挖出一眼洞，她坐在洞底。灯光之外的黑暗忽然散发出一种诡异的气息，就像有一株什么植物正在黑暗中悄悄绽放。她，正站在这绽放的鼻翼上。

她坐在那儿裹着一条巨大的披肩，把自己裹得像只蛹。然后一只胳膊从蛹里长出来，摸到了手机。她拿着手机犹豫了一下，放下，然后略一踌躇，又拿了起来，那只红色的手机含在她的手里像一张欲开还闭的红唇。几秒钟之后，她终究还是拨出了那个号。这是她男朋友张以平的电话。在拨出号码的那一瞬间，她忽然有些莫名的紧张，就像一个站在山洞口的人，明知道那团黑暗里裹着一些恐怖的未知，还是忍不住要向里面看去，看去。那种好奇拧紧了她身上所有的神经，最后竟让她感觉到了一种近似于残酷的快感。电话通了，竟然通了，她情愿他是关机，真的，她情愿他是关机。这样起码她可以给自己一个理由，他关机了，她找不到他。但是电话通了。电话里空旷荒凉地嘟嘟了三声忙音之后，戛然而止。是被挂断的。他不接她的电话。

她僵硬地兀自微笑着，盯着自己落在墙上的影子死死地看了几秒钟，就像那里有个人正与她对视着。她落在墙上的影子又虚又大，像一个魂魄。待了几秒钟之后，她舔了舔干燥的嘴唇，再一次拨出了那个号码。这一次她的动作迅速了很多，一副要速战速决的样子，她不愿意被那些细节一刀一刀地凌迟。这次，电话里只孤单地响了一声，那一声听上去无比荒凉，就像什么东西坠到崖底时发出的最后一声。他又一次挂断了电话。

她发了狠，把全身的力气都向那只手机狠狠砸去，就像是要砸开它，然后狠狠跳到电话对面的那个人面前。她狠狠地按键，狠狠地再次拨出了那个电话。嘟一声挂断，空谷回音似的纠缠着她的耳朵。这次她连犹豫都没有就又一次抓起了电话，她的手已经开始发抖，已经有些抓不牢那只手机了。它像尾红色的鱼一样潮湿滑腻地跳动在她的掌心里，这红色的潮湿忽然让她感到一些疼痛。仿佛它们是她的血液一样。然而，在这个电话还没来得及拨出去之前，张以平的电话像直升机一样降落到她面前了。她接起来，喂？她努力维护着声音里摇摇欲坠的平静。他的声音从电话里传出来，我不是已经和你说了吗？这四五天里我得把这个特稿赶出来的，白天我没有时间只有晚上赶紧写了，再不写就写不完了。就这几天，啊？你又怎么了？她干干地说，我……没事，就是觉得不和你联系就像找不到你了一样。他在那头说，这么大个人还能丢了不成？是不是？我就是在加班加点地写稿子呢，你没事我就挂了，啊，就这样，嗯。

哐，他挂了。他像是重新掉回了那只黑暗的山洞，再次沉下去了，不见了。孟青提周身沐浴在一种巨大的寂静中，那只喑哑的手机还是以那个姿势挂在她的耳边，像她身体上长出了一只红色的木耳。她站在那灯光的边缘有些木质的苍凉，像一株秋风里的树。手机一点一点落下的时候，她无声地冷笑了。就在他挂断电话的那一瞬间她就明白了，一定是出问题了，一定。因为她在电话里仔细捕捉着周围的声音，她听到了汽车的声音，那就说明他并不是在伏案赶稿，他在外面。或者，他是故意走出屋去接的电话。无论是前一种可能，还是后一种可能，得出的结论其实是一样的。那就是，他在撒谎。

撒谎是一个危险的信号。因为谎话的背后一定是一个秘密，就像那黑暗的山洞一样。她让自己避了三天，到第四天的时候，终究还是撞上去了。是她自己往上撞的，像一只嗜光的飞蛾，像一只嗜血的蚊子，不顾一切地要往上撞。是的，她愿意。因为她愿意。

张以平是她交往一年的男朋友，他们不在一个城市里工作，张以平在西安电视台做记者。四天前张以平忽然告诉她，他要赶个特稿，白天还有采访任务，所以晚上就得加班加点，他说这五天时间里，他们晚上不要电话联系了。第一天，她忍住了，第二天她也忍住了，第三天，她还是忍住了。但是到第四天的时候，她突然发现她不能再这样下去了。在这第四天里，她忽然像被雪藏了三天刚刚醒过来一样，有一种异样的苏醒和屈辱。她是真的没有知觉吗？她就这样纵容自己装聋作哑下去？因为在理论上，她知道自己得装，装得越傻越好，装得像棵植物一样才好。可关键是，她是个人，她是个女人。就连装都是需要力气的，这前三天就把她的力气耗光了，就像走在半路上的车提前用光了汽油。于是，她装不下去了。

她抛锚了。

张以平最初对她说那句话的时候，她并没有觉得有什么不对劲。晚上加班写稿，少联系，都是很寻常的理由。可是，在后来的三天里，在这没有了音讯的三天里，孟青提忽然感觉自己从一间熟悉的屋子里被抛出去了，旷野里独行的寂寞忽然让她觉得有哪里不对。一个人很忙的时候能忙到连一丝缝隙都没有吗？忙成了一堵铜墙铁壁？连插个短信插句话的空隙都没有？她是三十二岁，谈过三次不成功恋爱的女人，她会不明白这点常识吗？那就是，忙，永远是一种借口。在忙的下面一定另有真相。因为，一个人如果真的想做点什么，那就是忙死也能把时间挤出来。时间嘛，不过就是牙膏。然而，他真忙到了严丝合缝。

这疑虑在三天时间里是一点一点攒下来的，越攒越厚，她看不见它们，它们却像雪一样层层覆盖了她，把她砌成了冰雪的雕塑。她之所以选择了这第四天，是因为，明天就是最后一天了，过了明天那就是不了了之了。他们又恢复联系，一切又和四天前天衣无缝地接起来了，可是，她就真的对这五天视而不见？就像它们根本就没有存在过？她知道，从理论上，她应该做一个聪明的女人。可是她饶不了自己，更饶不了这理论上的聪明。因为她是一个活生生的人，不是钉在规则与潜规则里的理论。

她当晚就订了第二天去西安的机票。订好机票的那一瞬间，她忽然有些酣畅淋漓的快感。她又往前走了一步，她离那真相越来越近了。她紧张而兴奋，以至于全身在瑟瑟发抖。就像，她是一个即将开赴前线的战士，战场上的一切都是未知的，生死未卜。

孟青提和张以平是同行，两个人是在一年前的一个记者招待会上认识的。当时的孟青提正处于感情完全空白期，三次恋爱一次谈得比一次伤。她从二十一岁开始恋爱，第一个男朋友为了科研事业出国了，出去了就不回来了。第二个男朋友让别的女人怀孕被迫结婚去了，他向她是这样解释的，就一次啊，就一次怎么就怀上了呢，怎么就那么准呢？他说他被赖上了，没办法。一年后就离婚了，离婚后居然还好意思和她诉苦，他和那女人实在没有什么感情，又没有任何了解，充其量就是个一夜情，却被生生绑到一起，婚后才发现真是一天都过不下去。她真想骂他，你活该，还讲不讲一点责任，和人家做爱连个套子都懒得戴？第三个男朋友为了少奋斗二十年听从家里安排找了个比他大的富婆，就在他婚礼的前一天晚上居然还找到她猫哭耗子一般稀里哗啦地流了半天眼泪，还像个烈士一般说了句，今天天上就是下刀子我都要来看看你。当时真是被催眠了，居然陪着他哭到深夜。人家婚后足有三四个月蜜月都过了，她才独自从那悲伤里一点一点缓了过来，就像麻醉药的效力失去了，伤口便豁然露出来了，竟比原来还要血淋淋。原来就一吃软饭的骗子，居然还特意跑到她面前立了次贞节牌坊，以示节烈？婊子。这种豁然的苏醒简直让她恨透了这个男人。她不过想找个男人一起奋斗平起平坐，谁也不要高攀谁，嫌弃谁，有苦同吃，有难同当，结果，人家男人先她一步去了。富婆有房有车有婚史，他袖着两只手直接拎包入住。结个婚就少奋斗二十年，确实划算。很久以后她还一直在心里嘲讽着那个面目已经模糊的男人。同时她一直有羞耻感，这羞耻却是为自己的，自己竟和这样一个骗子加婊子抱头哭到半夜？简直就是一种耻辱。

她一直忘不掉第三任男友结婚的前一夜，他们抱头哭到后半夜的时候，他走了。他说他必须走，他就是来看看她，看看她他就该走了。她当时只知道哭，那泪都不是往出流的，是往出涌的，是把储藏在身体里的所有的眼泪都用了。她死死抱着他不想让他走，她害怕，她害怕到了极点，这剩下的半个夜晚让她怎么过？到后来她哭到了精疲力竭，一声都发不出来的时候，那男人还是说，他必须得走了。他一脸演话剧一般的悲伤和肃穆，事后她才想到，人家怎么可能不走呢？第二天就是大喜的日子，人家得去结婚啊。他来安抚她大约是怕她在婚礼上闹事？所以把她当半个没办完的手续草草盖了个章：我爱你，但我要和别人结婚去了。结果，剩下的那半个夜晚还是她一个人深一脚浅一脚，肝肠寸断地，一秒钟一秒钟地摸到了天亮。到天亮时，她精疲力竭，模模糊糊睡了一会儿，在梦中却觉得那男人又回来了，她想，他到底是回来了啊。连忙睁开了眼睛，床上却只有她一个人。那男人躺过的地方是空的，她久久地躺在那里，把一只手瑟瑟地伸了过去，触着那条床单。是凉的，他没有回来。

三次恋爱之后她便有些灰心了，一两年里没个男朋友都是常有的事。她就一个人撑着往下过。她一个人住，几年里数次搬家，刚开始打辆车就能把东西搬走，后来东西越来越多，不得不找搬家公司。有一次她租了间郊区便宜的房子，上班得两个小时，下班又是两个小时。那种老房子阴森森的，在里面走路的时候都能听见自己脚步的回音。有一天晚上下了整整一晚上的大雨，她一个人缩在空旷的大木床上，忽然就疯狂地想和一个人说话，哪怕就一句也行。可是她把电话本前后翻了一遍，没有一个能说话的人。第二天早晨醒来时，雨已经停了，她站在窗前打开窗户的时候，忽然看到窗台上睡着两只猫。两只一模一样的双胞胎猫，正紧紧地抱在一起睡觉。孟青提一动不动地看着它们，忽然就泪如雨下。

再后来，孟青提虽然再没找过男朋友，却开始发展情人。她知道他们不会和她结婚，她也从未想过要和他们结婚，这种情人关系如露水一般，说不定哪天早晨醒来就蒸发了。他们把她当过客，她把他们当过河的石头，踩完一块再踩一块，一步一步才能到达河对岸。他们每个人给她的那点喜欢和温暖就像一根根的柴火一样，她在深夜里把这些柴火堆在一起才能凑成一个取暖的火堆，多一个人少一个人不过是多根柴火少根柴火的问题。她毕竟不是钢做的，铁做的，她需要有人怜惜，哪怕这怜惜其实就是瞬间的烟花，那也比没有的好。

这样晃了几年进入三十岁之后，孟青提又脱胎换骨地进入了另一番境界。灰败，自由，颓丧和真正的满不在乎。满大街的男人在她眼里顿时都失去了性别，无所谓男女，具具都是行尸走肉。她用的化妆品越来越昂贵，越来越肆无忌惮地纵容自己狂吃零食，填满胃就可以暂时转移感情的空虚，她以此来打发着没有男人的岁月。凋敝灰败的孟青提本想着就这样瞎晃上几年再说，反正已经是老了，索性就再老他几岁。那种近于蛮横的自虐反而让她心生舒服，就像是狂跑了多少圈之后大汗淋漓，把身体里的毒素全排出去了。

在记者招待会上认识张以平的时候，她第一眼看到这个男人就知道这个男人打不得交道。因为他身上带着一种近于跋扈的颓废和优裕的自信，他嘴角斜斜挂着的一抹笑容像废墟上开出的花，带着毒性。只是两天吃饭他们老在一张桌子上，还是邻座。于是在一堆陌生人里面还是变成了速成的熟人。张以平带点流氓兮兮的自来熟，哪句话说出来都不像是真的，嬉皮笑脸的。那晚，他们从宾馆游泳出来的时候，张以平从头到脚打量着她说，几天了才知道身材这么好啊，有男朋友没？没有的话就做我女朋友吧。孟青提知道他是开玩笑，也知道他比自己还小两岁，那样的话自己不是老牛吃嫩草吗？她说，你不知道我是你姐吗？他说，哎，现在就流行这个。她说，你也是马上就奔三的人了，别在我面前装嫩。他笑着说，那怎么也能嫩出个一两年嘛。她也笑，多久没有女朋友了？他装出认真的样子想了想，一年半了吧。你呢？她说，已经记不清多久了。他说，怎么就没有呢。她说，想歇歇不行吗？他大笑，我也是想歇歇。

两个人走出宾馆的门，走到树林边找了两块大石头坐了下来。宾馆在半山腰上，周围都是桃树林。所以宾馆名字就叫桃花山庄。正是初夏，青桃的寒香静静地浮动在夜色里，植物的体味像是被从泥土深处逼出来的，带着些清旷的凛冽。天上的残月有些枯瘦，月光却似涩香的焦糖，滴在漫山遍野的桃林上。林边那些大青石也被镀了一层月光，寂静得如河底的卵石，波光水影都从上面过去了。两个人坐在这青石上忽然却无话了，就像是所有的声音都被这夜色吸走了。两个人面目模糊地相互对视着，连对方的脸都看不清了，似乎这五官也被吸走了，却忽然之间觉得这个人剩下的这些模糊的东西离自己反而近了些。

张以平忽然问了一句，你觉得两个人怎样就是真正在一起了？她看不清他的脸，只觉得他的声音独立出来了，在夜色中一步一步蹒跚着走到了她面前。她说，两个人觉得怎么也离不开了就是在一起了。他说，别的都无所谓？她说，是的，别的都是假的。他说，婚礼也不重要？她说，那都是给别人看的，都是假的。他说，这些形式都不要了，你不怕男人出轨？她说，一个男人要是真想出轨那怎么出不了？一点形式就能束缚住他？他说，你就一点不羡慕新娘披上婚纱？她说，一件衣服也不过是给别人看的，要真想在一起那只是两个人之间的事情。他说，那比如说，我要和你结婚，我们俩一人吃一碗麻辣烫就行了，是不是？她也笑，连这碗麻辣烫都可以省掉。他大笑，连麻辣烫都可以省掉？那还剩下什么？她停顿了一下才说，那只有自己知道了。

二

这句话说完，两个人都久久没有出声，桃林之上的月光更澄澈了些，照在青石上，有些清泉石上流的冷寂。两个人像两只被包在琥珀里的虫子，静静地懒懒地沉在那里。张以平忽然说了一句，你看你未老先衰了吧，连对婚礼都没兴趣了那就是老了。她静静地说了一句，没办法，自来老。张以平哈哈大笑起来，笑完之后他忽然正色说，你知道吗，我以前一直以为世上绝不会有这样的女人，没想到的是，还真有。我一直觉得要是两个人真的相爱，那就没有什么能束缚得了。这就是自由，达到了自由的爱情才能长久。她笑，你不过是想有一个长期同居的女人给你做饭洗衣，再有无数短期同居的女人围绕在你左右。这才是你的最高理想。他大笑。

后来两个人就回去各自睡觉去了，孟青提本想，他会不会回了自己的房间后又来敲她的门，万一他来敲她的门，她该怎么做？义正词严地拒绝还是半推半就？他会不会说，反正以后是见不到了，留个一夜情做纪念吧。她呢？则挡在门口凛然地说，你以为和我不过说了几句话就可以贿赂我和你上床？我就值你那几句调情？但他没有，一个晚上安然无恙，倒搞得她有些不好意思，似乎是自己心怀企图地等着他来，结果还等空了。简直是被他羞辱了。接下来的两天里两个人也没有再单独在一起过，带着些刻意回避的意思，再然后就各回各的城市去了。

走的时候孟青提不知道他坐在哪辆车上，就连招呼都没打就走了。她本以为和这个人之间也就这样了，没想到回到北京之后，张以平却开始给她发短信，有时候他说他正在轻轨上，看到一轮巨大的血红的落日，看得让人想落泪。有时候他说他去吃什么了，她也快去吃。她回短信说，怎么突然开始关心我的衣食起居了，搞得我像你女朋友一样。他马上回了一条，不是说好了的吗，你做我女朋友。他近乎一个无赖，可是，她居然有些享受这样的无赖了，竟不愿去拒绝。因为就像轻易看到他有毒性一样，她轻易就看到了他无赖气下粼光闪现的理想主义，任何玩笑都遮盖不住的肃穆和忧郁。她想，他之所以会再联系她，是因为他也在一眼之间把她看到底了。当她用这种假设说服自己的时候，她的感觉几乎近于悲壮。是一种遗世独立的感觉。

两个人就这样开始了短信和电话联系，联系了一段时间后，孟青提去西安看了一次张以平。这标志着一段异地恋的正式开始。当孟青提终于承认自己是在恋爱时，她忍不住有些微微的害怕，姐弟恋加异地恋，以前的男朋友朝夕在一起几年还是要分，姐弟还加异地又能维持多久？可是她又转而安慰自己，如果两个人不应该在一起，那就是日日夜夜厮守在一起又有什么用。她以前那些男朋友还不是都分了。于是，在这接下来的一年里，她几乎每个月去一趟西安。

她自己都不知道，她每多去一次西安，就多用一次力气。原来她身体里还攒着这么多力气，连她自己都不知道，原来，她攒下它们只是为了在自己最后一次恋爱的时候把它们全部拿出来。就像一个女人给自己亲手做了几年的嫁妆，在出嫁那天这些压箱底的嫁妆全部轰然开放了。她始终给自己留下了火种，因为她不忍心。她给自己买件衣服的时候都要犹豫再三，权衡半天，给张以平买衣服的时候却连眼睛都不眨。只要她在西安的时候，他所有的衣服，袜子，内裤都是她洗，打扫卫生，做饭全是她的事情。她是自愿的。她心甘情愿让隐藏在自己身体里的那些奴性全部复活过来，全部从她身体里走出来，大大小小的她，充斥在这屋子的每一个角落里。她以前以为自己恐惧于女人承包所有的家务，甚至恐惧生孩子，她觉得这些对女人不公平，女人应该有自己的自由。可是现在，她拼了命地要往这些上面靠。她要制造出她和它们之间的血脉相连。她心甘情愿地给自己打制出一个笼子，再把自己关进去。

在三十一岁的时候，她已经明白了，如果一个女人丧失道德准则，丧失感情准则，游离于一切准则之外，那她就像一个外星人一样只能飘荡在人群之上，却进不了人群。她在渴望着这人群的同时，又渴望着那一点点核里的东西。她想，也许所有的人都是这样吧，一路走来，渐渐抛掉所有能抛掉的，最后发现只有那剩下的一点点核是自己的。她有一天给张以平发了一条短信：当有一天，你发现你只要那一点真实的时候，你就突然自由了。他回了三个字，我知道。她知道他是真的知道。

她告诉自己，可能他真的是那个站在人群里等她的人。他给了她双重的归属感。

那个黄昏，张以平还没有下班回家，她一个人把屋子狠狠清理了一遍，地板都是跪在上面一寸一寸擦的，擦完的地板像面湖水一样，站在上面她都可以看见自己粼粼的影子和家具的倒影。夕阳的余晖从窗户里落进来，波光潋滟地在她脚下融成碎金碎银。她有些萧瑟地站在那里看着自己的影子，觉得那影子是在湖面上一处遥远的汀洲之上的芦花丛里，孤绝凄清。她的泪忽然就下来了。那一瞬间，她突然知道自己在做什么了，她在孤注一掷。

她其实是在给自己一次机会，最后一次机会好用尽全力，好去补偿，好去用忠诚救赎往昔岁月中她所有的凌乱。这样她才能对自己说，最后一次，这是最后一次了，认真也就认真这一次了。所有的最后一次都是悬崖，都是在把自己向纯粹、极致和绝对上逼，因为他们以为只有这样，才能把绝境下那个也许根本不存在的世界唤出来。比如，在疑似爱情的表层下，从最深的根子上长出了一点血肉相连的真爱。她明白了，她就是这样的，把自己往悬崖上逼。就是因为那些近处的逼真的东西都看过了，她才会想，也许这个世界上的真相反而在那些不可能的背后吧。世间万物阴阳相扣，越是荒谬的，越是怪诞的，到最后反而越可能是真的吧。

这种背离本身就是舍生忘死的，也是命系一线的。她知道，她都知道。所以有时候当她坐在张以平的对面微笑着看着他时，她在心里会突如其来地流泪。因为她知道，坐在对面的这个男人也许根本不知道她其实在做什么，他也许真的就以为这不过就是一次恋爱。

孟青提到达咸阳机场的时候是第二天下午六点。转了两次车到张以平家楼下的时候已经是晚上八点。她抬头看了看四楼的窗口，灯亮着，窗帘拉着，这说明张以平已经回来了。直到这个时候张以平都不知道她其实已经在楼下了。孟青提只背了一只背包，她这么做的时候几乎是无意识的，那就是她刻意在让自己轻装上阵。在上楼之前她又向那扇窗户看了一眼，就像一个准备上跑道的运动员在给自己积蓄力气。窗帘是蟹青色的，遮得严严实实的，一丝光都透不出来，使那房间看上去就像一只亘在她头顶的青色的蛋壳，她连走进去的缝隙都找不到。这种拒绝有些激怒了她，她借着这愤怒生出的力气开始上楼。爬到二楼的时候她已经开始气喘吁吁，就像已经在这楼道里爬了十年八年一样。她抓着栏杆爬上了三楼，这时候她像有了高原反应一样，开始大口大口喘气，每爬一个台阶都要使出全身的力气。她背着包，佝偻着腰，捂着胸口，一步一步往上挪，像一只背着壳的海底动物在赶路。终于爬到四楼的时候，她的心脏已经不是她的了，像一只在她身体里孵化出的活蹦乱跳的动物，急着要出世，一分钟都等不了的。似乎随时都能从她嗓子里挤出来，蹦出来。她向那道门走去的时候脚步已经近于蹒跚了，就在这零乱的支离破碎的脚步中，她还能听见自己心里发出来的固执、兴奋而诡异的声音，万一呢，万一不是呢，万一……里面没有女人呢。

她使出最后的力气敲了三下门。几秒钟之后门嘎吱一声从里面打开了。穿着睡衣的张以平站在她面前。在他看见她的一瞬间，他用近乎惊恐的声音说了一句，青提？你……怎么来了？但是孟青提一句话都没有说，她甚至没有再多看他一眼。因为与此同时，她的眼睛穿过他的肩膀，看到了屋子中间站着另外一个女人。隔着张以平的肩膀，她和那个女人四目相对了。

她在看到她的一瞬间，万一两个字正从她身体里往下坠，往下坠，像在无底深渊里滑翔一般。在它们迅速地向下滑去的同时，她的心却一点点地腾空了，越来越轻，越来越轻，到最后几乎要飞出她的身体里。就在这时，她听见了那两个字坠到崖底的声音，像瓷器撞碎的声音，凛冽而边缘清晰。万一？她听见了它们遥远的余音，袅袅的，却久久不散。三个人站成的三角稳妥得近于坚固，谁都没有动。似乎稍微一动，就会把周围的空气划伤。

第一个从这三角形里抽出来的还是孟青提。她转身从那扇半开的门里面出来了，就像被它吐了出来。她是一路上飘着下去的，楼道里丢下了一些低低的碎帛一样的抽泣。她像个魂魄一样又飘到了大街上，一辆车朝着她开过来了，她也不知躲闪，就像不认识那是什么一样。她像只从时光隧道里闯出来的史前动物，茫然地看着这个陌生的世界。最后，这只史前动物笨拙地走进了路边的一家小饭店，在一张油腻腻的桌子旁边坐了下来。因为，她发现自己连一步都走不了了。她受伤了。她胡乱要了一瓶剑南春，菜都没点，就开始喝酒。她凶狠地咬开瓶塞，倒了满满一碗，然后一仰脖子就全部灌进去了。然后又是第二碗，第三碗。三碗下去的时候，眼前的桌子和人都开始摇晃了，就像是一只只挂在空中的钟摆。她独自微微笑了一下，又倒了满满一碗。正准备往下灌的时候，一只手放在了她的手上，拦住了她。她眯着眼睛一看，对面忽然多了个人，再一看，是张以平。他一句话都不说，正看着她。

她的泪唰地就下来了，她力大无穷地推开那只手把那碗酒一滴不剩地灌了进去。动作娴熟得简直像排练了成百上千次了。他没有再拦她，像个观众一样默默地看着她喝酒。她成了站在灯火深处的演员，只演给这一个观众看，因为只有他知道她在演什么。他今天要是不在场，她就是醉死沙场又有什么意思。她觉得这时候在他面前流泪简直已经起不到什么作用了，眼泪根本不够用，酒才是更好的道具。手中的一瓶已经空了，她摇晃着大着舌头问服务员又要了一瓶，反正有他在，服务员也不怕最后没人付钱。酒拿上来了，张以平夺过了瓶子，她几乎是扑过去两只手夺过了瓶子，她嘴里大声叫着，你管得着吗？为什么要管我，我和你有什么关系，要你管我。我死了又和你有什么关系。

她一定要把这两瓶酒喝完。以作为对他的惩罚。

又一碗下去了，眼皮上已经有了千钧之力，借着一点残存的意识，她仍在想，他居然这样对她？他居然这样残酷地对她？她是怎么对他的啊，她对他的好就全喂狗了吗？这一年里他们都不在一个城市，按理说，她要做什么他怎么能看得着？可是这一年里她是怎样严格自律的啊，别人给她介绍男朋友都被她一口回绝，情人全部断绝联系，就是有的男人要单独请她吃饭，她都以各种理由拒绝。她其实不求他知道，她只是为了让自己心安，她只是觉得只有这样做才算对得起这最后一次恋爱吧。她是决心在他这里要立地成佛的，于是那混乱中生长出的忠诚竟力量惊人，宛若奇葩，远胜于常人。别人是先立后破，她是先破后立，就像一切从废墟上开出的花一样，反而艳丽惊人。可是对他来说，她所有这些忠诚不过是空中打出的太极，他根本没接住。

从头到尾都是她自己演给自己看的。简直是一出悲怆的独幕剧。

三

再醒过来已经是第二天黄昏了。孟青提醒来的第一瞬间的感觉是自己走失了，昨天残存下来的一些记忆碎片像泡在酒里面的标本，她都能看到它们身上血淋淋的神经，但是它们已经死了。她隔着瓶子与它们遥遥相望着，它们古老而新鲜，散发着酒精清冽的气息。突然之间她几乎要怀疑，昨晚的这些记忆是真的，还是只是她的一个梦？她根本就没有来西安，也根本没有什么别的女人存在。她想从那张床上爬起来，但是还没有动就坍塌到床上了。她动不了了，四肢都不像是自己的，似乎是别人的错安到她身上了。更恐惧的是她的头，突然之间就重了成千上万倍，就像把一座山灌进脑袋里去了，沉沉地压在脖子上。她颓然地伏在那里，她知道了，昨晚她确实喝醉了。这就说明，昨晚的一切都是真的。

一杯水递到了她面前，她看着那只拿杯子的手就知道是张以平。她闭上眼睛以示拒绝，似乎喝了他那杯水就是向他投诚一样，有失气节。张以平说，快喝点吧，你胃里早就空了。没见过像你这样喝酒的，不要命了？你知道我怎么把你扛回来的吗，后来我实在扛不动了，喝醉酒的人一下子沉好多，我在路上雇了个农民工把你扛回来的。你一晚上不停地在吐，我一晚上都没敢脱衣服，就在这伺候你了。

孟青提扶着沉甸甸的脑袋，刚喝了半口水就又是排山倒海地狂吐，因为胃里没有东西，吐出的都是黄色绿色的胆汁，颜色看着有点骇人，因为像植物里挤出的汁液。孟青提一边吐一边带着报复的快感想，把肠子吐出来才好，吐给他看，就给他看。反正她的身体已经是这么备受折磨了，索性把他也拉进来和她一起受苦。都是他把她害成这样子的。胆汁也吐完了，她把脑袋重新挪到床上去，心里想着怎么审问他才合适。她还没开口的时候，张以平先开口了。他站在窗前看着窗外的暮色忽然就开口了，他说，她是我以前的女朋友，我们已经分手了，她只是来看看我，看看我就走了。孟青提想，这么说，这是一次偶然出轨？她不说话，心里盘算着对这样偶尔的出轨事件该怎样应对，是不依不饶地大闹一场呢还是睁一只眼闭一只眼地饶他一次呢？毕竟他们之间连个婚姻的契约都没有，没有任何外力上的保障，所以如果不依不饶，很可能会导致彻底破裂，但是如果太容易就过去了，他又断不会把此当回事，以后岂不是更有恃无恐了？

她正在这里盘算的时候，却听见张以平又说，如果你这次不来我和她也就真没什么了，她走了，回她的城市里继续生活，可是你突然出现刺激了她，她昨天哭着喊着绝不和我分手，还说要辞职来西安工作。孟青提一听，忽然就慌了，因为在听到这句话的同时，她才准确无误地明白了，无论怎样，她都是不能和他分手的。她绝不能让他被另一个女人突然抢走。如果没有这节外生枝，她也许还要多出些难题刁难他一番，以便让他长个记性。可是突然之间，形势急转直下，她竟然失去主动权了。她挣扎着爬起来，问了一句，那你还爱她吗？他静静地看着窗外，不说话。她一下子就更慌了，他居然连否认都不屑于否认了？她哑着嗓子又问了一句，那你爱我吗？他继续沉默了几秒钟才说了一个字，爱。她把半截身体从床上抬起来，像个刚从战场上爬下来的重伤的士兵，她仰着脸看着他，泪流满面地说，那就是说，两个你都爱。

张以平回头看着她却不走过去，黄昏中他突然面目模糊起来，就像是看着他在水中的倒影。他说，青提，我现在很乱，给我点时间，你也知道，人的感情不是说没有就没有了，就算是分手了也还会有感情，就像是我现在和你分手了我就不爱你了吗？还是爱的。孟青提心里简直要炸掉了，好个情种，真是多情啊，旧人爱，新人也爱，不分手的爱，分手了的还爱。她真想对着他歇斯底里地喊一句，你还有没有一点原则？你觉得你应该有三妻六妾，应该有十房姨太太，应该见一个爱一个才对？可是，她知道不能这样，她如果这样歇斯底里地爆发一番，无疑就是把他拱手让给那个女人了。她不能这样便宜了那个女人。她喝得这样烂醉如泥，如受了重伤一样狼狈回去，而把他让给她？好像她是一架被她从战场上击落下来的飞机，休想。她说，你就有那么多力气去爱那么多人？他说，因为你在一个人身上不可能得到你想要的全部，一个人身上有的另一个人身上可能就没有。她接上了他的话，所以你就不得不去爱很多个？他不说话了。

她在张以平的床上整整躺了两天两夜才开始能下床，真像是大病一场。两天里只能少量喝水，不能吃任何东西，吃什么吐什么，一吐就是把五脏六腑都要吐出来的样子。张以平让她去输点液，她不去，她就要这样天昏地暗地吐，带着点要挟的意思，看看吧，都是因为你。但她不能一直这样躺下去，因为她还要回去上班，终究还得开始她在另一个城市里正常的生活。张以平把她送到机场，临走前她对他只说了一句话，我绝不分手，因为我很爱你。你看着办吧。

她让他自己忖度去，联想去，她宽容地摆出一个姿态来，那就是她给他时间。可是飞机刚刚起飞，她的泪就汹涌而下。一个女人在撞见自己的男人出轨后，还要装得像个母亲一样宽容他，还要把牙齿打碎了往下咽。可是那些牙齿她根本就是消化不掉的，它们在她身体里一寸一寸咬着她，咬得她肝肠俱损却不能发出一点声音。为什么，她问自己，她为什么要这么做。她为什么不上去扇他两个耳光然后扬长而去，她为什么不狠狠一脚踹掉他，把他踩到脚下去。就这样一个男人，她现在才知道这是怎样一个男人。尽管一开始的时候她就知道他可能有毒，但是她不知道他简直就是唐璜再世。现在知道了又怎样，她一寸一寸地流着泪。因为她爱他。她只要还爱着他，还想要他，她就不能不装，就不能不忍辱负重。

回到北京的一个星期里，孟青提几乎没有吃饭，看见饭就恶心。她每天就靠喝水维持着，皮肤苍白到了透明，似乎整个人就是一只玻璃瓶子。这一个星期里她用尽了全身的力气按捺住自己，呵斥着自己绝不能主动联系张以平。她知道现在她有一点主动就是把张以平往别的女人怀里推一步。她按捺自己时就像按捺着一个正在发作的癫痫病人，按住她的手她的脚，却还有她的嘴，她不小心就会咬下自己的舌头来。她手忙脚乱地按捺着自己，这里放下了，那里又起来了。白天上班，时间还过得快一点，晚上那简直是无边无际的旷野，就她一个人深一脚浅一脚地赶路，连盏灯笼都没有。她就借助安眠药，一吃一把，真有点担心自己第二天醒不过来了。第二天早晨，她神思恍惚，连头发都懒得梳就往单位跑。因为几天不吃饭，走路的时候感觉自己就是在人群里飘着，像只风筝一样，真是连一点点重量都没有了。风筝还被人牵着，她连风筝都不如。

她在人群中彻底失重了。

到这个周末的时候，孟青提的第二任男友忽然给她打来电话，问她最近好不好，要不一起出去吃个晚饭？她当即就答应了，简直连想都没想。她像见了亲人一样冲着他奔过去。前男友叫李冬，李冬在饭店门口一见孟青提吓了一大跳，说，你这是从哪儿来的，怎么搞得像个木乃伊一样。孟青提在饭店门口当着人来人往就号啕大哭起来，她哭着说，我不要吃饭，你带我回你家去，你带我走吧。她像个走丢的小姑娘一样哭着央求这个男人，你带我走吧，因为我无处可去。

李冬离婚之后还没有再结婚，孩子也被前妻抱走了，所以家里只有他一个人。他们两个刚进了房间，孟青提就扑过去抱住他，号啕大哭。以前对这个前男友多少是有些厌恶的，因为他和别的女人一夜情不说，还和人家有了孩子，最后还娶了人家。要是换到以前，他就是跪着求她抱住她哭，她都不干。可是，现在，她见了他真像是见了亲人一般。她断断续续地把事情给李冬讲了一遍，她一次又一次地强调说，她以为她是这个世界上他唯一的知音，没想到只要是个女人都是他的知音。李冬听明白了，说，这个男人也真是，出轨也就偶尔出了，还这么滥情多情，这滥情多情是比出轨要恶劣许多的。他像是为自己开脱一样，仿佛是在阐述滥情与出轨的本质区别，那就是，一方是表面上的，另一方是深层次上的，后者当然更可怕。而他自己则属于前者，不幸的是，他被一些生理性的机制强迫了，他不得不就擒。

他把孟青提抱在怀里，一边拍打着，一边哄着她，说，你这个丫头真是个傻子，这样的男人还留恋什么，趁早踹了，真是连我都不如。我结了婚才知道你的好，要不还是嫁给我吧。孟青提像截虫子一样缩在他怀里，只是有一声没一声地抽泣，如祥林嫂一般把她喝了两瓶白酒的那个晚上讲了一遍又一遍，简直像放电影一样，放了一遍又一遍，她要强迫他看，她手头也只有他了。最后，李冬说，不早了该睡觉了，你一晚上已经说了一百遍了，不要再说了好不好，你不就是又爱了一个不该爱的人嘛。总之这男人不是个好东西，你心里比我还明白。你看你睡哪个卧室，我绝不乘人之危乱来。孟青提咬着牙忽地站起来说，你睡哪个卧室我就睡哪个卧室，我还要和你做爱，我要一晚上和你做五六次。李冬呵呵笑着说，我知道，你是想报复他，你看你，到头来还不是也这么俗，有仇必报。不过我绝对理解和支持你，今晚我舍命陪君子，你说几次就几次，你说怎么做就怎么做。总之一定让你解恨。

孟青提和李冬一晚上做了三次。做完第一次的时候她已经感到厌恶了，可是她硬是把自己从床上拎了起来，抖擞精神再次冲锋陷阵。她使出了浑身解数，像在实验室里做实验一样，尝试了以往所有没有尝试过的高难度姿势。她不时发出尖叫，却不是因为她真的兴奋了，她觉得自己在叫给别人听的，也不是给李冬听的，而是给张以平和那女人听的。他们两个就好像正坐在那里看着他们俩做爱，她就是做给他看的。她那么对他，可是，他居然这样对她。每想一次，她就凭空长出一点力气，以至于让李冬都有点招架不住了。做了三次她连这个男人的脸都不看，因为，今天晚上就是换了别的男人，她还是要这么做。这本身就是她一个人的战场，无论哪个男人都不过是一种背景。她边做边告诉自己，看吧，你又是什么好东西，你不是也在出轨吗？那你为什么不能原谅别人出轨？你和他又有什么区别，你和他根本就是一路货色，是一丘之貉。她要把自己比下去，绝不允许自己在张以平面前贞洁得像个烈妇，这样只能让她加倍失衡。

第二天是周末，李冬出门去了，她不想一个人回去，就继续赖在他家里。上午她起了床，洗了洗头发走到了阳台上。李冬家在二楼，房子是老式的四层小楼，阳台没有被包过，她就坐在阳台上晾着一头湿漉漉的头发。楼下走过了一个人，那人走着走着猛一抬头看到了坐在阳台上的孟青提，竟吓了一大跳。似乎没想到阳台上吊着个人，惶惶几步就走过去了。孟青提无声地笑了起来，她索性把两只腿都搭下去，摆出一副要跳楼的样子。她像只蜘蛛一样在那里专等着来来去去的人一抬头看见她，然后吓一跳。但毕竟是二楼的缘故，虽有不少人看到她吊在那里，却并没有说要来救她。这种恶作剧耗去了她的一个白天，到黄昏的时候，行人渐少，她独自坐在那里还是不肯下去。这一天她真的是等着有人把她解救下去，她把自己当成人质一样挂在那里，就是想着任是谁把她救出去都好。她觉得自己就像一只被装在了笼子里的兽，然而这笼子，不是张以平给她的，也不是李冬给她的，是她自己做出来又囚禁了自己。

她坐在那里问自己，一个人究竟为什么会出轨。就她现在知道的有两种情况，一种是张以平，他可以爱一个人，就可以用同样的力气去爱第二个人，第三个人，反正他是都爱，因为每个女人身上都有能让他爱上的东西。他恨不得有三百六十五个女人，每个女人身上都有他需要的东西，他在三百六十五个角度上都能爱上。一种是她自己，她也出轨了，可是她就是和一百个男人出轨了，最后围绕的核还是那么一点，就是那一个男人。如果不是因为这个男人，她就不会出轨。她，并不是真心实意地在出轨。她突然就悲从中来，其实她和张以平根本就不是一个级别上的，他是九段高手的话，她不过是个学步者。就是把她以前所有的男人都算进来，摞成一摞，排成一队，她也不过是个初学者。因为，她从没有过真正意义上的背叛，她从来都只有爱一个人的能力。真正的东西，一点点就够了，与量无关。那么，她所做的这一切对他又有多少杀伤力？她根本就伤不了他。她想用这种犯罪性的刺激补偿自己，却是把射向他的刃齐齐掷回了自己。

月亮都出来了，她还坐在那里不想动，像个真正的囚徒一样。直到李冬回来了，才像摘豆荚一样把她从那里摘了下来。李冬把她扔到床上的时候，她突然看着他说，李冬，今晚我不和你做爱了，你就抱着我睡一晚上好不好。李冬看着她笑，怎么，报复完了就把我抛弃了？她突然就披头散发地坐起来，冲着他大叫起来，因为报复他一次我就绝望一次，因为我已经不爱你了却还要和你做爱。李冬一怔，说，可是这是你自己愿意的。她已经满脸是泪了，是的，是我自己愿意的，可是，这种形式根本救不了我，这只是一种形式啊。李冬沉默了半晌才说了一句，你居然这么爱他？她哗哗流着泪却努力对他笑着，她说，是的，我很爱他。李冬说，你以前不是也爱过别人吗，他又不是最后一个，总归会走出来的。她说，不是的，不一样的，你不明白的，什么都是有收梢的，什么都不是无边无际的。我现在就想对一个人从一而终。李冬走过去摸着她的头发说，女人，谈恋爱是为了让你自己幸福，不是让你找信仰的。我知道，你在他身上试图完成你那点夭折的信仰，可是你得明白，这本身就是一种冒险。

这个晚上李冬就一直抱着她，果然没要求做爱，她躲在他怀里缩成了很小很小的一团，她说，对不起。他笑，我不会介意你把我当道具的，以后随时欢迎。她和这个男人在分手后就没有交错过，他们在人群里各自漂泊各自生活，在几年之后却还有这样的机会又抱在一处。重逢的时候，虽然物是人非了，却觉得这个人突然之间真正像一个亲人了。她知道从明天开始她还是得离开他，还是要去过她一个人的生活，因为没有人可以替代她去生活。

可是，两个人还能在一起做一夜的亲人也够了吧。

四

这已经是他们失去联系的第十天了。

这十天里，他们之间所有的记忆成了投在墙上的皮影，只能看，不能摸。她只要再往前走一步都会万劫不复。这十天里她像个真正的浪子一样，四处买醉，买笑，软弱无骨地在时间之上随波逐流，它们想把她冲到哪儿就冲到哪儿。这十天时间里最让她恐惧的事情就是一个人的时间。一旦她一个人待着，她就感觉自己像被装进了一只密封的瓶子里，瓶子里残余的空气一旦用完，她也就油枯灯尽了。为了把这一个人的空间填满，她必须得随手抓住点什么，什么都行，只要能把这空隙填满。她从李冬家里出来又赖到闺密家里，但还是不过瘾，闺密只能和她一起骂，却不能和她一起爱一起恨，她终究是一个人。她又被逼着找了一次一夜情，结果自始至终她连对方的脸都没看清楚。她是刻意地不去看，因为现在，哪个男人对她来说都是一样的，无非都是做完了，各自提起裤子走人。她用以毒攻毒来疗伤，你不是花心吗，那我就比你更花，你不是乱吗，那我就比你更乱。

终于，在第十天的晚上，她等到了他的一条短信，我不能和你分开，因为我爱你。孟青提久久看着那条短信，泪流满面。她忽然明白了，人类最可怕的地方就在于爱。爱让一个人清醒着堕落。整整十天里，她其实就是在等他一句话。她生生忍住了不和他联系，就像割掉自己身上的四肢一样疼痛，就是这样她都要忍着。最疼不过的时候，她随便抓过一个男人当麻醉药注进自己身体里，她就是要等他一句话。他不是需要时间吗，那她就给他，她就这样杳无音信地静静地等他回来。她知道，现在他回来了。那一晚，她突然就感到了精疲力竭，这十天里不吃饭不喝水都感觉不到，她就靠着一口气撑了下来，像驮着自己的驼峰一样赶了十天的路。这十天里她迅速瘦下去了十斤，她站在镜子前摸着自己身上骤然浮出来的锁骨和肋骨想，以后一定要叫他补上这十斤肉。

她这才发现，她已经原谅了他。其实早在十天前她就已经原谅了他。十天以后，他的一条短信便让她有了蒙赦的感觉。倒成了他恩赐了她，她应该对他感恩戴德？明明是他对不起她在先，怎么事态突然就急转直下到这种田地了？她对着镜子里瘦骨伶仃的自己微微笑着，嘲弄着自己。如果十天以后他对她说的是，我们还是分开吧。她又该怎么做？像秦香莲一样向人哭诉负心郎，还是一头撞过去拼个鱼死网破，还是格调高古地一字不回，你有什么资格说分手，我早就不打算要你了，你还要自作多情？可是无论如何，当这条短信真正递到她手里的时候，她不还是感激涕零吗？她把头抵到那面镜子上，泪就下来了。她久久站在那里，就像拥抱着另一个形影相吊的自己。爱是多么可耻，多么可耻，她一遍遍告诉自己。

第二天孟青提就请了长病假，又飞到了西安。在飞机上她想，这一趟又一趟的机票钱，要是省下来给自己买了衣服和化妆品，那都不知道能买多少呢。可是她自愿要给航空公司做贡献，没办法，谁也没把刀架在她脖子上逼着她这么做。她想，在这样一个恨不得全民务实的年代里，她为什么要一个人逆流而上，在虚空中，在两地之间的旅途中寻找那点叫真爱的东西呢？就因为她一直一直信那点东西，就算她和一百个男人上过床，被一百个男人伤过，她还是信那点东西。它像根骨头一样已经长在她身体里了，任她怎样，都无法从身体里把它剔出去。

两个人其实不过十天没见，却感觉中间有十年八年过去了，都有些一叶知秋的萧瑟。对那女人的去向，孟青提一个字都没问，似乎这件事从来就没有发生过。但是她走在张以平家里的时候，却分明觉得四处是那个女人的影子。她看着那把椅子便想，那个女人在这里坐过。尤其是看到那张床的时候，她更残酷地觉得，那个女人就在这里睡过。但她一个字都不提，她都有些暗暗惊诧自己这种虚假的宽容了。好像是真的一样。和张以平在一起无论做什么都变得小心翼翼的，张以平对她也成了小心翼翼的，他们的拥抱像两只瓷器的碰撞，过于凛冽了些。孟青提的小心是棋子没下实前的犹疑，她不知他的虚实。因为他没有她想象中应有的赎罪和补偿，她觉得这件事情之后，他应该是跪着求她才是正常的，才足够让她解气的。可是，他像月光一样清冷。这寒凉加重了她的怨气，她越是无所谓地微笑，这怨气就越像沉积岩一样一层层地压在了她的心里。她被这一层层的东西压着，简直已经快被压成了秋风中的浆果，饱满到了一触即破的地步。

张以平的小心是孟青提用了几天的时间才想明白的。他是心不在焉。可是，他既然又把她叫回到他身边却又如此心不在焉，原因是什么呢？晚上，他们拥抱在一起的时候，她忽然明白了，他的心智和感情仍然是涣散的，仍然没有收回来，收到她一个人身上来。他们的身体虽然紧紧地靠在一起，连丝缝隙都没有，可是，她分明地感到，这床上还有一个女人的影子，就亘在他们两个中间。这床上其实是睡着三个人的。终究还是两个女人和一个男人。他拥抱着她，却用假想中的双手拥抱着另一个女人。他恨不得像个章鱼一样长出无数只手脚，左拥一个右抱一个，把该安抚的女人全都安抚了，把该爱的女人全都爱了。

王八蛋，这分明就是比出轨还要可怕。

她在前十天里忍着不给他发一个字的短信，就是为了避免给他施加任何压力，这样他选择了她也才不能归罪于她。不然他选择了白玫瑰，终究觉得还是红玫瑰让他魂牵梦萦。选择了红玫瑰，又觉得白玫瑰才是玫瑰，自己选了红的简直就是上当了。她根本就不给他这个机会懊悔，她放任自流，让他自己选择去。可是临到头，她还是发现，另一个女人的影子阴魂不散地附在他们中间。而且她就是使尽全力都驱不走她，因为，她是看不见的。她在明处，她在暗处，她怎么能是她的对手？这种失败比当初张以平和她分手更让她撕心裂肺。

黑暗中，她更紧地抱住他，想要把那个女人驱走。她忍不住又问了一句俗不可耐的话，你爱我吗？她不用听答案就知道他会说，爱啊，不爱怎么会和你在一起。果然，他在黑暗中说，爱啊，不爱怎么会和你在一起。都没冠冕堂皇的理由，不爱怎么会在一起？她可悲地发现，她又一次陷入了被动的劣势。因为这句话的反面其实就是，不在一起的也可以是爱的。女人用假话来为自己撑腰，就像是在饥饿时喝凉水也可以产生暂时的满足感。那是一种致幻效果。而她分明已经沦落到了这种地步。现在，他抱着她，吻她，和她做爱，她却觉得他们之间就是有一层东西，只要她不戳破这层东西，他们就是面对面的时候，都是咫尺天涯的。

她必须得下手，她必须得狠得下来。即使明知道一伸手就是血淋淋的东西。她问，那你还爱她吗？他不回答，选择了可怕的沉默。这沉默比他说上成百上千句话都可怕。她的心里猛地抽搐了一下，就像是被一把刀子捅进去又搅了一番。她的声音已经开始打战了，她瑟缩着，发着抖，却还是问了一句，你还爱她，是吧。她明知道现在，这个时候，她每往前走一寸就多一寸的鲜血淋漓，就多一寸的疼痛，她还是忍不住要往前走。索性就见底了，就痛到底了，看还能怎样。她终于纵容了自己的委屈，所有的委屈像包在薄薄的皮下的浆汁，立刻喷涌而出。她几乎是声嘶力竭地说了一句，你要是还爱她，为什么不和她到一起去。他的回答是，因为我也爱你。她彻底紊乱了，你到底爱谁，你爱的那个人到底是谁？但张以平很轻易就把她打败了，他说，青提，我已经和你说过了，你和一个人分开并不等于就没有感情了，我爱你所以要和你在一起，可是这并不是说我就对她没有感情了啊，我承认我还是放不下她。我和她分手也让我觉得对不起她。

她恨不得从床上蹦起来，把床上所有这些东西扔到地上去，她恨不得把这屋里所有的东西都砸光了，然后狠狠地扬长而去。你以为你是什么？你是什么东西，你是超人吗？你居然有能力同时爱两个女人，哪个都舍不得放下。居然因为和她分手而难过？搞得她孟青提是个破坏他们感情的第三者一样，死皮赖脸地要插进来？无耻，简直是无耻至极。可是，她终究没有这样做，因为她知道一旦她那样离开，她就再不可能回到这间屋子里来了。那就真的是绝境了。她不想，原来幻想这东西，是只要有一点点空隙都会不停疯长的，都会随时长成茂密的森林。一个人要想彻底做到灰心，竟也是一件艰苦卓绝的事情。

孟青提决定改变策略。前一阵子她示软是因为她知道应该给他留空间，让他自己去想清楚。她知道把一个人往死角里逼极有可能两个人最后同归于尽。可是她所留的空间只是无限助长了这个男人的混沌和暧昧不清，他简直是想怎么长就怎么长，连一点规则都不要了。好像所有的伦理和道德都奈何不了他了，他要是有本事干脆不做地球人就上月球去。她开始施行高压手段。一看见他发短信就问给谁发的，给我看一下。如果看到他偷偷去卫生间接电话，那她顿时就醋意大发，一定要哭闹一场才肯罢休。其实她心里明白得像镜子一样，一个男人要是真想出轨，那女人又怎么能拦得住他。一个男人要是就想背地里和一个女人联系，那他什么办法想不出呢？她知道自己这些做法分明就是很愚蠢的，再愚蠢不过了。她在表面上遏制了他，其实却是在把他向更深的本质里推。可是，一旦嫉妒像毒蛇一样咬住她的脖子，她还是要身不由己地发作。似乎那毒性就藏在她身体里了。嫉妒和贪婪让人愚蠢，现在，她不仅嫉妒，还贪婪。她为什么那么恐惧他还和别的女人联系，因为她不愿意让他还爱着别人，她想让他把所有的爱都一心一意给她，无限制地宠她，疼她。这本身就是一种贪婪。所以，她活该愚蠢，活该最后死无葬身之地。

张以平有时候会回来得很晚，借口是在办公室里赶稿子了，回到家里不如在办公室里心静。他说这么多年过惯了单身生活，猛然有个人一天到晚在家里晃来晃去，他还真不适应。她想，他根本就不想让她长期待在这里，他恨不得她消失，恨不得把她毁尸灭迹才好。一天晚上到十一点了，他还没有回来。她忽然就想，他是不是和别的女人在一起？这个想法一旦在她脑子里出现，便立刻成燎原之势，很快就把她吞噬进去了。她这才明白了为什么那些恶俗的三角恋，恶俗的婚姻保卫战，爱情保卫战，那些小三小四的电视连续剧何以把全中国一半的家庭主妇都吸引到了电视机前，它们果然是有市场的，因为像她这样的女人太多了。女人们需要看戏的时候一边诅咒第三者，一边把自己提升到一个理论高度上。更坚不可摧的事实是，她也是个女人。

她果断地开始打他的电话，居然是正在通话。这么说，他不是和别的女人在一起？但她本能地不放心，过了五分钟，她又打，还是占线。就这样每隔五分钟她打一次，可是每一次他的电话都是正在通话。她从十一点打到将近一点，两个小时里，她打他的电话打了三十多次。最后一个电话终于通了，她劈头就问，怎么还不回来？他居然若无其事地回答，刚在赶稿子呢，明早要上头条的，刚刚写完，累死我了。他撒谎居然撒得这样脸不红心不跳，不回家就是为了给别人打一个两个小时的电话，打完之后还要告诉她，他是加班了。

她不让他在家里打电话，那他就干脆在外面打。打得更是有恃无恐，居然说了两个小时的话，甚至更长。

她静静地把自己窝在沙发里，全身蜷曲起来，像一只临死的秋虫。他无时无刻不提醒着她另一个女人的存在，于是这女人便干脆在这屋子里安了家，每天和她形影相随，寸步不离。如果再在这屋子里待下去，她就会死在这男人和女人的手里。刚才那三十多个电话已经把她榨干了，现在她全身上下，每一个毛孔里都没有一点点力气了，她彻底地干了，枯了，见底了。她成了一池碎萍凋零之后埋在泥土中的嶙峋的残藕，满身是洞，却仍是藕断丝连。离开这里吧，离开这个男人吧。她趁着那最后一些气若游丝的活气对自己说，还是认输吧，不然真要死在他手里了。今晚就走吧，就是半夜也要走，无论坐什么交通工具，就是光脚徒步，也要走。

悲愤交集给她打了一针强心剂，她像回光返照似的从沙发上弹了起来，摸摸索索地开始找自己的东西自己的皮箱。那只皮箱空空地亘在她面前，像是她背过来的一只壳。现在，她又要背着这壳离开了。她这只跋涉千里寻找温暖的蜗牛啊，荒谬到了让人落泪。她把衣服一件件往里塞，把化妆品也往里塞，她给自己一种气势，就是一定要离开这里。可是，她为什么还是这么疼痛。她看着那些衣服上的每一道褶子，都觉得那是她自己身体上的，她怜惜着它们，就像怜惜着她自己。

她穿上风衣，围上围巾，戴上那顶血红色的礼帽，长发垂下遮住了她的半张脸。她就像一个即将登场的演员。就在这时，那扇门开了，像拉开了一道幕布，上面站的是张以平。他们两个像正身在一个折叠起来的时光容器里，踩着的是时光，头顶上是时光，四壁里也是时光。头即是尾，尾即是头，没有开始也没有结束，洪荒一片中他们四目相对。

五

张以平看见她的样子大吃一惊，他说，青提你要去哪里。在他进来之前她还软弱地提不起那只箱子，现在一看见他，她立刻有了力气，一只手就拎起了那只箱子。就像他是一根针，准确无误地扎进她的穴位里了。她不说话，拎着箱了就往外走。张以平从她手里要夺回那只箱子，她又夺回来，两个人滚成一团去抢那只箱子，倒好像里面是一箱子宝藏一样。孟青提的力气究竟没有张以平的大，箱子还是被张以平夺过去了。她猛地一跺脚，劈头盖脸地冲着他叫，你管得着吗，你管我干什么，你什么时候管过我的死活，你装什么装，你恨不得整夜不回来，恨不得和那女人说上一晚上的话不回来，你回来做什么？你愿意和谁在一起就在一起去，我走还不行吗？你拦着我干吗，我就是死了和你又有什么关系。张以平说，都这么晚了你去哪儿啊？她蛮不讲理地堵住他的话，这和你什么相干，我愿意去哪儿就去哪儿，你放开我的箱子。

张以平不放，她也夺不过来。两个人就僵在了门口。这关系僵了一会儿之后就像水泥一样基本凝固住了，她看得出来，张以平确实是不想让她走。她便稍微放心了一点，如果张以平拦她拦得不够彻底，或者只是虚情假意一番，被她一用力就冲进了这茫茫夜色中，那她自己可怎么收场？总不能真的一个人半夜走回北京去。可是如果真的那样的话，也自有好处吧，起码他把她伤透了，她也就无路可走了，就只能狠下心来离开他，离得越远越好。可是，他不，他就像对那个女人不能绝情一样，对她也不能绝情。这倒比绝情更可恶些。她心里有了底，知道今晚自己是走不了了，便决定今晚一定要强硬到底，她今晚要把攒在她身体里的所有怨气都熨平熨展了。她凶狠地看着他，像看着一个仇人一样，为什么不让我走。

因为我爱你啊，我是很爱你的。

你不是也这样爱别人吗，大半夜的打电话一打就是两个小时，你是不是都快相思成疾了。

现在你是我女朋友，别人都不是啊。

这妨碍你和别的女人联系吗？你还不是照样爱别的女人，和别的女人联系？

可是我最爱的是你啊。

那你就是说你有最爱的，有次爱的，有一般爱的，还有不太爱的，总之都是爱的，是不是？

我都说过多少遍了，我最爱的人是你，所以我要和你在一起，那我为什么没有和别的人在一起？

这妨碍你和别的女人联系吗？这妨碍你爱别的女人吗？

青提，我刚认识你的时候觉得你不是这样的，你那么脱俗，你告诉我人是要有自由的，是真正的自由，我以为你和我是一样的人，我以为我不用多说你就能明白我。可是现在你怎么变成这样了？

我就是一个俗不可耐的女人，告诉你，我俗透了，我就是这么喜欢争风吃醋，我就是不能忍受你这样爱了一个还嫌不够，还要再爱一个。

青提，我真的是很爱你的，你不要这样行不行。

不行，我就要这样，我就是这样的人，你现在就告诉我，你以后还和不和她联系了？难道你不和她联系会死吗？

我尽力吧。

张以平说完这句话就不再和她说话了，他咣当一声把自己锁进了卫生间，不再出来了。她悲怆地站在那里，不知所措，进退两难。他已经失去耐心的样子，不会再来哄着她，拦着她。她这时候再走倒是没有人拦着她了，可是，这时候要是走了那就是白走了。而且这一走，她就再也不能回来了。那岂不是便宜了那个隐形的女人。不能。她决定让自己顺着台阶下去就算了，再追究下去就不是到底了，是直接就把底打破了。还是继续隐忍吧。忍字是谁发明的，真是天才，什么叫忍字心头一把刀，就是在说她。她无声地摘下了那顶红色的礼帽，像一个魔术师诡异的谢幕。她的眼睛一半如尘埃一般落在头发里，另一半如沉在水底一般汩汩地流着泪。

孟青提努力地摇摇欲坠地告诉自己，无视他，根本就不要把他当盘菜。这混乱到了没有任何章法的男人。可是她还是舍不得他，她还是不愿意离开他，难道真的爱一个人就是什么都可以原谅？她爱的究竟是他，还是她假想中的最后一次爱情？而她又为什么会有这假想中的最后一次爱情？她真的是为了去爱他，还是她想为自己赎罪，在她潜意识里，她三十岁以前的不忠诚就是她的原罪。原来，她从来就没有原谅过自己，从来就没有。她其实是日夜在经受着道德上和伦理上的煎烤，她非难自己，折磨自己，虐待自己，甚至让自己混乱得更彻底些。可是就是这样，她最后还是坚持着要告诉自己，她在本质上是一个传统道德的恪守者和守望者。虽然她在形式上走向了背叛，可是形式上的东西又能有多少是真的。这就是为什么她会告诉张以平，所有形式上的东西她都可以不要，只要那一点点核里面的东西。她以为他在那一个瞬间就懂了她，所以她要对他涌泉相报。

她一步步逼着问自己，就像是一定要问到那个最深最隐秘的角落里，她穿过黑暗的隧道，逼着自己去摸洞底那座雕像的脸，可是，令她恐惧的却是，最后她发现那张脸其实就是她自己。

她绕在了自己的迷宫里。

孟青提决定装聋作哑，对自己实在改变不了的事情最好的办法还是装作根本没看见吧。她想，欲想取之，必先予之，她索性就给得他够够的，他不再有那种类似于偷情的隐秘的兴奋了，没有那种被压抑的逆反了，是不是反而会自己放开？人本质上都很贱，越要给他什么，他越是不想要，得不到的东西则朝思暮想。她便装聋作哑，假装什么都看不见，短信也不再查了，电话也不再过问了，她恨恨地想，有本事你就在家里接电话，我倒想听一听你会说什么。她一边开始在西安找工作，这是她需要付出的另一个代价。那就是舍弃自己已经熟悉的环境和得心应手的工作，在一个陌生的城市里重新开始，把自己强迫性地移植到一片新的泥土里。这种移植是带有危险性的，如果根子缓不过来也就死了。为了能和他在一起，她甘愿冒着这种危险，甘愿把自己移植一次，他还想怎么样？他可曾珍惜她做的这一切？如果她做的这一切他都不承情，那她岂不是拔草喂了瞎驴子？

这一段时间里，晚上她好像一直没有听见短信的声音，好像也没有电话的声音。她不动声色，却有些窃喜，看来，欲擒故纵这一招还是有些效果的，她放他一马，他也就自己回来了。可是一天晚上，他在洗澡的时候，她突然发现他放在桌上的手机正无声地一闪一灭，那无声闪灭之间的召唤几乎让她崩溃，无声的，却是更妖冶幽深的。无声向来就是占着上风的，有声算什么，会叫的狗都不咬人。她嘴唇干燥着，怔怔地看着那只手机，她以为他幡然悔悟了，打算用情专一了，可是没想到的是，他仅仅是一回家就把手机调成了静音。他转到了地下，偷偷地，但绝不耽搁地回短信，接电话。她无声地冷笑，那只手机还在执着地闪灭着，就像从那手机里伸出的一只女人的手，涂着蔻丹，兰指轻点，暗香顿生。就像有一个娼妓正坐在电话那头等着张以平，她召唤他勾引他居然勾引到她眼前来了。她一滴泪都没有，哪里都是干干的，嘴唇，牙齿，眼睛，鼻子，她成了一堆秋天的干草，只要有一点点火星，她就着了，她就要把自己烧个片甲不留。一点都不留。

在张以平还没从洗澡间出来的时候，她快速记下了那个明灭可见的电话号码。她本能地知道，这就是那个女人。现在，她现形了。

第二天上午，张以平刚刚上班出门，她就迫不及待地拿出了那个电话号码。她盯着这个电话号码看了很久，就像看着一个女人的脚印。她就是个鬼，终究要留下脚印的。她有些微微的胜利感，像是已经捉到了她。在打出这个电话之前，她清了清嗓子，准备了一下开场词，甚至下意识地整理了一下衣服，就像是她要出门和人谈判去了。她想着自己应该用什么样的语气，用多高的音调，但无论如何，她一定要克制克制再克制自己。她要让自己在电话里听起来优雅而知性，绝不是一个醋意大发的庸俗女人，绝不是一个在电话里恐吓第三者的老女人。在拨出这个电话的时候，她都能听见自己的心脏在不争气地狂跳，怎么摁都摁不下去。它像只不倒翁一样执着地一遍一遍地站起来插在她心里。电话里响了三声之后，通了。在那一瞬间，她的心几乎离开了她的胸膛，夺路而逃。

电话里果然是个女人的声音，喂？微微的惊讶和提防，大约不知这打电话的是个怎样的陌生人。

她深吸一口气，怕什么怕，难道是要她过去打架吵嘴扇耳光吗？她又不是小三，她为什么怕她。她开门见山地自报家门，我是孟青提。然后她又补充了一句，我是张以平的女朋友，我们见过一面的。

哦。电话里余音袅袅地哦了一声。像是在回忆着什么。她正不知道接下来该说什么的时候，电话里的女人开口了，其实我也一直想给你打电话呢，只是因为没有你的电话。我想知道你是怎么拿到我电话的。

孟青提听着她的口气忽然就又一阵疼痛，她居然这样以主人的姿态和她说话，像领导一样对她说，我早想和你谈谈呢。她还质问她怎么拿到她的电话？她无声地冷笑着，说，我就和张以平住在一起，睡在一张床上，你给他发短信打电话我怎么能看不到呢？

哦。又是一声回味无穷的哦。

孟青提再次告诫自己，一定要知性文雅，她今天不是来吵架的。于是她便又说，上次我们见过一次，但是我一直都不明白，嗯，不明白你到底是他什么人？你怎么会在他家里出现。我不知道我这样问是不是合适，但请你理解，因为我是他女朋友，这样的事情恐怕没有哪个女人能真正做到不在乎，如果换了你撞上你男朋友和别的女人在一起，你又是什么感觉呢。

电话那头声音平板，听不出任何感情色彩，但也不是要吃醋骂架的样子。那女人说，其实我也想问你同样的问题，你是他什么人。不过我已经从他那里问清楚了，他说你是他现在的女朋友，我是他以前的女朋友。我和他认识三年了，我知道你和他认识一年。

孟青提心想，摆什么资历啊，就好像在标榜她是正房她是小妾一样。她正有点生气，对方却又说话了，当然，谁在前谁在后根本不是什么大不了的问题，更何况，新人总比旧人好嘛，但闻新人笑，哪闻旧人哭。

孟青提听到这儿，对这女人忽然没那么仇视了，她感觉自己紧紧绷着的神经顿时松开了一些，这一松对方在电话那头立刻就感觉到了。孟青提说，哪个男人从前还能没有个女朋友，我觉得这很正常，就连他前女友跑过去看看他，甚至和他在一起住几天，我都觉得正常。可是，我唯一不能忍受的是他既然已经和你分手了，既然已经和我在一起了，为什么还是要和你联系，或者是你一直和他联系？我不是很能明白这种关系，就是说，恋人做不成了难道变成了亲人？

我知道你的意思了，你就是不想让我和他再联系。

可是，你有权利这样要求我吗？

请你相信，我今天给你打这个电话没有任何一点点恶意，我只是想知道真相，你也知道从他嘴里我是不可能得到真相的，就像你从他嘴里能得到真相吗？可是，人都有这个本能，谁都不想被人当成傻子不是吗？

你要真想知道真相，我当然可以告诉你。我觉得我很愚蠢，其实你也一样，如果你真的还是想和他在一起，就不应该让自己知道这么多，知道得越多，其实你越过不去。我和他是三年前在火车上认识的，我后来的总结是这个人就擅长这种半路上的艳遇，你要知道，他能和你这样认识，就能和别人也这样认识。

他以为他是唐璜再世？

他要是简单的花心和滥情倒也罢了，他的可怕在于不仅滥情还多情，他是真的多情，对每个女人都多情。在那个晚上见到你之前，我其实并没有清晰地去分析这个人，就是从那晚见到你之后，我才不得不去仔仔细细地看他。你信吗，我和他谈了三年恋爱，只见过六次。我们一年就见两次，因为我很喜欢我的工作，我也喜欢南方的气候，所以我一直不能下决心去西安投奔他。我们就这样拖了三年，理智上我们都知道，我们能到一起去的可能性很小，可是我们就是一直这样拖着。我总幻想着，拖上几年说不来还有机会调动什么的。这是我第一次恋爱啊，你说我脑子里是不是进水了，和一个只见过六次的人居然拖了三年，把自己最好的青春耗进去，并且还一直耗着。如果上次不是你突然出现在我面前，我可能还要这样耗下去。

孟青提想，那女人看起来也快三十了吧，居然是第一次谈恋爱。若不是书呆子，就是长得太丑了没人要，这种女人一旦谈上一次，确实是看得比命还重要。这张以平的口味倒真是难以捉摸啊，香的臭的都要，第一次谈恋爱的要，最后一次谈恋爱的也要，漂亮的要，丑的也要，比他大的要，比他小的还要。真是一点原则都没有。

那你们一直这样拖着就没有分手?

去年我们说过这个问题，可能都觉得到不了一起了，就说起分手的事。说这个事的时候他专门跑到柳州看我，我们刚说了一句，不行就分开吧。我们两个人就抱头哭了起来，哭到后来我都不哭了，他还在那儿号啕大哭，看他那样子是真难过。真的，一个男人在你面前那样哭，真是让你觉得心里有些发毛的。

孟青提心里酸得排山倒海，现在真是随便给她点什么，都能被她腐蚀掉。他就居然在那个女人面前那样痛哭流涕，他居然和一个三年就见过六次的女人抱头痛哭，难舍难分。就是这样，他居然还能和自己谈恋爱。她忽然像想起了什么，问，你说的去年你们这次见面是几月份的事。

国庆假期里的事。

孟青提久久说不出一个字来。她和张以平是去年五月份开始的，到十月的时候他们已经见过好几次面，已经在一起住了很长时间，正是热恋阶段。就是这样的阶段里，他居然跑到柳州和那个女人抱头痛哭。不行，她必须得让这个女人也知道，凭什么把所有的真相都让她一个人扛着，她和她已经蹚进一条河里来了，她就不能让她轻易离开。她对着电话说，可是你知道吗，当时，我和他正在热恋阶段。国庆的时候他只说和同事们出去旅游，我没想到却是去看你了。

可是后来我才想明白，他当时为什么哭成那样，其实是因为他心里想和我分开了，可能是因为他觉得你比我更好，想和你在一起，于是跑去和我分手，但是终究我们还是没分成。我和他性格很相似，这也是我们在一起时觉得很舒服的原因，我拖他也拖，他拖着不放的原因，我觉得除了感情还有道义上的吧，他大约心里对我总有些愧疚，因为他毕竟是我的第一个男人。

六

这句话像枚针一样直直扎进了孟青提的死穴里。她的手一抖，几乎把电话扔掉。这种丑得没人要的女人到最后却是最有话语权的，就那一句，他是我第一个男人。她在电话这头无声地孱弱地微笑着，对这句话她确实无力还击。这是她三十二年里一处最大的缺失，就像一口陷阱一样横亘在她的身体里，从外面是看不出来的，但是只有她知道，那口陷阱始终就在那里。这女人大约忖度到这是她自己的绝对优势，所以才敢这样直捏七寸吧。她忽然有些厌倦，声音也软下去了，像一条没有了筋骨的蛇，让电话对面的人听了竟觉得有些温柔。她说，可能还是你们更合适吧，我说句真心的话，如果你觉得和他真的合适，就不要放弃。

她自己都吓了一跳，打这个电话本是想断绝这个女人和张以平的联系，怎么没说几句话就成了自己心悦诚服地说服对方跟张以平和好，自己倒成了急着把张以平拱手相让？可是没想到，电话那头的女人却说，我已经想过了，如果我和他真的就合适，真的就好到天衣无缝，那就什么都插不进来才对，那他的心里就应该只有我一个人才对，可是事实上不是这样的。所以，我们之间也应该是不合适的吧。

话说到这里简直已经是在相互推让和客气了，就像两个客人都要先请对方吃那道菜，自己怎么也不好意思先动筷子。孟青提想，人就是这样啊，退就是进，进反而成了退。她心里一下子就平静了很多，说话也随意了。她说，这事都过去这么长时间了，说实话当时我看到你在他屋里的时候是真难过啊。

你要明白，我的难过并不比你少。因为，我们从来就没有真正意义上的分手。

可是他居然还能同时再和我谈恋爱。

是啊，如果不是我们撞上了，还不知道他要拖到什么时候去。他和你说过结婚的事吗？

没有，他从不提结婚，只说顺其自然就好。

他心智很不成熟，至今还有结婚恐惧症。我思来想去就是觉得我真是愚蠢啊，和一个没有未来的人谈什么恋爱，两个人不要结果的时候，这爱情本身就已经被拦腰截断了。

我和你一样愚蠢，我明明知道在这个世界上的任何地方，只要你把感情当成头等重要的事，那你就一定会受伤。所有的理论我都明白，可是在实践中我还是蠢到不可救药。

这说明你真的很爱他。

你也很爱他，我感觉得到。

第一次感情总是要认真的吧。

又是她的第一次，简直是炫耀。孟青提便不动声色地说了一句，其实第一次恋爱多数都成不了，因为恋爱这个事也是需要被淬炼的，不谈两次恋爱你怎么知道你究竟想要什么，究竟什么样的适合你？所以真想结婚的话，还是要找一个起码谈过两次恋爱的人结婚。其实最后一次恋爱往往更认真，因为那是孤注一掷了吧。

对方停顿了一下才说，这个事情刚发生的时候，我是真接受不了，我开始是恨他，后来是生气。恨他怎么能这样对我，可是现在我觉得，第一次都见过了，第二次我就不怕了吧。就像第一次见杀人的时候，看着鲜血淋漓总是觉得恐惧的，第二次第三次见的时候就习惯了，也就没那么多新鲜的刺激了。

你既然恨他，那为什么还要和他联系？

孟青提终于问到正题上来了。她恨不得对方说一句，我恨透了他，我一想他就觉得恶心，我以后再不会见这个恶心人了。如果是这样那就一切好办了，她想让她名正言顺地抛下张以平。因为这个女人可能觉得张以平不可原谅，但是她能原谅他。这个世界上有多少事情是非黑即白非对即错的。无非是骨节一样的原因环环相扣起来的。她和这个女人现在都已经明白了张以平对她们的欺骗，可是，她和她最大的区别在于，她就是知道他骗了她，她仍然愿意原谅他。这对面的女人也能吗？快三十岁的女人了还在那儿装纯情，眼里容不得一粒沙子。那你就到生活中到男人里慢慢历练去吧。看你有几个第一次能拿出来炫耀，总有你出师的那天。

可是她没想到的是，这个女人说，但是我还是不想放弃，我虽然恨他这样做。但是你想想，如果我再和别的男人开始谈恋爱，那又是从头开始，又是慢慢了解，慢慢磨合，费心费力，谁有那么多力气试过一次又一次。而且你想，他这样做，难道别的男人就不会这样做，如果别的男人也是这样的话，那再找一个又有什么区别？结果还不都一样？我想了，如果你真的想和一个人最后在一起，那你就只有忍着，就心甘情愿让自己下贱点。他还是不成熟吧，过两年结婚了，有孩子了，生活压力大了，看他还能花得起来不？只怕他就没那个精力了吧。

孟青提明白张以平为什么一直和这女人联系了，只要她不放下，他就永远不能放下，就是和她孟青提结婚了，他心里也会一直记挂着这个女人。以他那种优柔和多情滥情的性格，他绝对说不出分手两个字，他对自己不也是这样吗？他不和她分手，也不让她离开。可是，他对别的女人也是这样。这样的男人，怎么就被她遇上了？她爱情之旅中的收梢之作居然也这样不堪？她又是半晌说不出话来，过了半天才说了一句，一切都随遇而安吧。我信命。

我也信。其实，我觉得他还是很爱你的。对面的女人说。

孟青提几乎笑了，她说，我觉得他也很爱你。

两个女人都有点哭笑不得的感觉。孟青提又说，你今年有多大了。她说这句话的时候简直像个大姐姐的语气，对面的女人突然像小姑娘一样居然真报了自己的年龄，二十九了。孟青提又问，你是做什么工作的。女人说，我是个大学老师。孟青提想，果然是个书呆子加剩女，所以一旦遇上一个男人就以为是天了。也是可怜。她又娓娓相劝，你这工作又稳定又轻松，可不能为了一个男人轻易抛弃了，现在找个工作多难啊。你要是为了一个不靠谱的男人扔掉这么好的工作，我都替你冤。你要明白，男人终究是靠不住的，我们千万不能依附他们，那真是太危险了。

女人在电话里笑，这些我都明白，不然的话我早就去西安找他了。两个人又说了几句闲话就挂了。确实没吵架，但孟青提觉得也没达到自己当初的目的。她坐在那里什么都不做，怔了足有半天的工夫。现在她觉得自己简直像一粒饭粘子粘在墙上，上不去也下不来。那女人呢，其实也是一粒饭粘子。恨着，还是因为有爱，爱着却又不能不恨。她们都想成为他的唯一，但很可能他根本就没有唯一。每个女人都有能让他爱的东西。现在，她该怎么办？是进是退？几乎想了整整一个白天的时间，孟青提在天黑前做出了决定，他既然还爱着她，她就不能离开他。她必须得给他施加点压力，不能再纵容他了，这么混沌的人要是没有点压力恐怕一辈子也就这样了。

晚上张以平回来后，她并没有提给那女人打电话的事。她只是面无表情地对他说，我想过了，我还是把北京的工作辞了吧。张以平微微一愣，半天才说了一句，你想好了？孟青提一直注意着他的表情，忍不住心里又是一阵刺痛。他都没有表现出太多的高兴，反而有些忧虑地试探她一句，想好了吗？他以为她是什么，十八岁的小姑娘和他玩一场就罢了？她简直是怒从心底起，忽然就从沙发上跳起来对他大声说，我为了和你在一起都能把工作辞掉，都能背井离乡，你却始终不对我说一句，我们什么时候结婚。她说着眼泪哗哗下来了，她是真的委屈。张以平抱住她说，不是青提，我要娶你呢，但你要给我点时间，让我把那些没处理掉的事情都处理了我就和你结婚。孟青提说，你还有多少要处理的事情，不就是你以前那些女朋友吗，你就打算一个也不得罪一个也不伤害全部要相处下去是不是。张以平半天才说，那你让我怎么办，我总不能去伤害别人啊。伤害别人比被人伤害还难过吧。孟青提一句话都说不出来了，真是个情种啊，他简直是把自己当贾宝玉了。可是她还能怎么做，总不能杀了他剐了他，逼着他和她结婚。

她现在已经和那些恶俗的电视剧里的女主人公差不多了，她在捍卫她的爱情，尤其是知道还有个对手和她在竞争的时候，这种妒忌简直给了她更大的能量。她果断地辞了职，彻底搬到了西安。她想，这样一来，他总会有些心理压力吧。过阵子他能专一下来了他们就结婚。

孟青提又一次开始了二十岁出头时候做的那些事情，四处投简历，面试。她想，这就是追逐爱情的报应。可是三十二岁毕竟和二十二岁是不一样了。那时候是有个工作就能做，现在得考虑报酬，考虑社会地位，考虑身份，考虑是否稳定。就这样两个月过去了她也没找到合适的工作。这边是找工作找得心力交瘁，那边又发现张以平还是照旧和那女人联系。她开始喝酒，在外面找一天工作之后干脆连家也不回，直接到酒吧去喝酒。

这个晚上从酒吧出来都十二点了，她坐在路边吹着风，忽然就想起了那个女人。她从电话里翻出了她的号码，她居然保存起来了。她第二次拨出了这个电话，这次打电话的时候，她觉得没什么目的，就是，忽然想和她说说话。她居然没睡，接了电话。孟青提听到她的声音，忽然就笑了起来，她像问个熟人一样问了一句，你还没睡啊。

没有，我每天都睡得很晚。

我没事，就是忽然想起你来了，忽然想给你打个电话。因为我发现，我现在说的这些，也只有你最懂了。

我明白，你想说什么就说吧。

你还难过吗?

难过，你呢。

也难过，我觉得我们都是傻子。

是的，脑子里都进水了。

和你说实话，我一个人的时候，想想这件事我就会突然狠狠骂他一句，王八蛋。

你还能骂得出来，我连骂也懒得骂了。

你又升华了。

你也快了。

有时候我想，我们为什么不把他踹掉再找别人，男人又没有死光，我们怎么就愿意在一棵树上吊死呢。

我是因为没谈过一脑子幻想，你是因为谈累了想就此落叶生根，我们作为两种极端又遇上这样一个唐璜般的男人，于是产生了这么多的纠结。

你果然是当老师的，能上升到理论高度。我今天喝了点酒就真心劝你一句，找张以平这种男人其实就是找死，我告诉你应该找什么样的男人，找一个安稳踏实的最好是理工科出身的死板男人就最好。

那你自己为什么不找呢?

因为我相信的东西太多了，而事实上这些东西不过是我想象出来的。但是，我真的不希望你有一天和我一样。我已经辞职到了西安，但是两个月了我都没有找到合适的工作，薪水不如以前高的我不想做，从头再做小兵的我不想做，小报社我不想去。我现在就一无业游民。这就是对我的报应。

孟青提说这些话的时候一方面是真心诚意的，她确实觉得她得了报应，另一方面也是顺便提个醒，她现在连职都辞了，那她还有什么理由再和张以平联系呢?

果然电话那头的女人停顿了几秒钟才说了一句，这么说，你已经搬到西安了……

是的。她毫不留情地告诉她，是真的。

哦……看来你真的很爱他。

我知道你也很爱他。

其实说实话，从你上次给我打完电话后，我就慢慢开始死心了。这阵子和他频繁联系就像是回光返照，再过阵子就该咽气了吧。

孟青提想，这女人虽然不漂亮，还有些古板，但确实有动人之处，也难怪张以平对她怎么也放不下。她想着便说，我是真心地希望你过得好些，你一定要好好的，要保重。

电话挂了连她自己都觉得牙齿快酸掉了，可是在说那句话的时候，她却是真心实意的，起码在那一个瞬间她是真心实意的。

这样又过两个月的时候，孟青提已经去了一家小报做了记者，那天快下班的时候忽然接了一个电话。是那女人打来的，这是她第一次给她打电话。女人开门见山地告诉她，我要结婚了。

不会吧，你怎么这么神速。

闪婚嘛，我都说了，第一次见杀人害怕，第二次就麻木了。大不了不合适也就是个离婚了，谁再怎么伤我也没他伤我那么疼了 。

……恭喜。

我还是听了你的建议，找了个学物理的博士。你呢，还是决定在他身上吊死？

随遇而安吧。我们不是说过吗，什么都自有天命。

嗯，对了，我给你打电话是想告诉你，你对他还是要提防着些，因为据我了解，他还和一个叫西西的女人密切联系着，不知道是什么关系。很可能也是恋人关系吧。另外他还有很多短期暧昧的女人，有一周的，有两个月的。总之，你以后会防不胜防的，你自己要小心啊。说不定你哪天就又和什么西西啊，北北啊，东东啊遇上了。像上次遇到我那样倒也罢了，要是干脆就在床上遇上了，你不是更要难受吗？

她先她结婚去了，这个隐形的情敌终于就此消失了。她似乎从中起到了不小的作用，她撺掇她嫁人去，无非是想让她给她腾出地方来。现在她似乎终于得逞了。可是孟青提没有感觉到任何喜悦，办公室里已经没有人了，她还是久久地对着电脑屏幕发呆。这个女人，她小瞧她了。她先弃她而去，在把张以平拱手相让的同时，她又把新的鬼种到她心里了。从此以后，她将永无宁日。除非，她离开他。多么恶毒。看来，无论怎样惺惺相惜，她终究是恨她的，就像她也终究是恨她的。

她走了，然后西西来了。有一天，西西走了，该北北来了吧。

她忽然对着电脑屏幕无声地笑了。

那个女人的话果然是验证了。不久她就发现他确实还和别的女人有联系。她以前面对的是一个情敌，现在她面对的是一堆显性的和隐形的情敌。甚至于到了后来，她已经有些杯弓蛇影了，她像妄想症患者一样凭空又创造出了一些女人。每次有些风吹草动，她就歇斯底里地和他大吵，吵完了又哭着问他，你究竟爱的是谁。他每次都告诉她同一个答案，我最爱的人就是你啊，不爱你我为什么要和你在一起？我怎么就不和别的女人在一起呢？你不要再问这些问题了好不好？可是到了下次，她还是照旧。她酗酒越来越厉害，开始和酒吧里认识的男人有一夜情。最后，她把一个男人领到自己家里，故意让张以平撞上。那男人吓得落荒而逃。他多一个女人，她就用多一个男人的办法去对付他。就是这样，他们两个人谁也不提分手。

这种关系维持了两年，两年之后孟青提得了肝癌。从医院确诊出来的那天，在煌煌的太阳下，当着马路上熙熙攘攘的人群，张以平忽然就号啕大哭起来。他紧紧抱着孟青提，把眼泪鼻涕哭得到处都是。路上的行人纷纷驻足观看，他们却像什么也看不到，就像这世界上就剩下他们两个人了。他们紧紧地拥抱着。然后张以平就在那路边对孟青提说，青提，嫁给我吧。孟青提泪流满面。她和他认识五年了，他今天才第一次对她说，嫁给我吧。张以平说，就像你当初对我说的，什么婚礼，什么婚纱照，你都可以不要，你说过，如果两个人觉得再也分不开了，那就在一起。你说你只要一纸婚书就好。现在，我们去领证吧。

张以平和孟青提领了结婚证，这年，孟青提三十六岁，张以平三十四岁。然后，张以平带着孟青提去了云南，去了海南，去了西藏。孟青提拒绝化疗，张以平也就不再坚持，他辞了职，拿着所有的积蓄，半年时间里带着她从一个地方去另一个地方。一次在飞机上，孟青提看着外面的白云忽然很安静很安静地问了一句，要是我死了，你在我的挽联上会写什么。张以平沉默了半天才说了一句，这个世界上最爱我的人走了。那下联呢？她看着外面又问了一句。他说，这个世界上我最爱的人走了。她猛地回头看着他，他正满脸是泪。

半年之后的一个晚上，他们正住在拉萨的一家小旅馆里。半夜，她忽然抱住了他，说，我头疼。他抱住了她，是高原反应，没事。她在他怀里忽然变成了很小很小的一点，她偎着他，声音很轻很轻，就像从另一个世界里飘过来的。她说，你是从什么时候爱上我的。他说，从见你第一次的时候就爱上了。她说，你最爱的那个人是谁。他说，就是你，一直就是你。你说过的，两个人不能分开了就在一起。她说，我们不是一直就在一起吗，我不愿意和你分开。他说，我知道，我都知道。她忽然说，不要怪我先走，好吗？他紧紧抱住了她，半天才说了一句，你说过的，你什么形式都不要，其实什么都是形式，只要你真的在一个人心里，你就不会死。孟青提在他怀里睡着了，她以一种奇怪的方式在变小变小，好像这三十六年的岁月其实不过是一瞬间的幻象，她其实从来就没有长大过。

她的一只手握在他手里，他整个晚上无边无际地抱着她，后来她的身体在他怀里一点点变冷，变僵。他更紧地抱着她，像是要把她嵌入自己的身体里。她的温度在一点一点消失，他感觉她像流水一样经过他的身边，任凭他怎样都不可能挡住这流水，她从他指缝间，从他身体中间，从他的血液里穿过去，流走。

孟青提的尸体就在当地火化了，之后，张以平把她的一撮骨灰装进了一只小小的水晶瓶里，就从那里离开了。那天，火葬场上的很多人都记住了这个陌生男人的目光。

他站在那里，眼睛看不到任何人，兀自空蒙地从一切之上越过去，看着一个渺远的不知道具体位置的地方。目光甜蜜而绝望。却没有一滴泪。

隐形的女人

一

向琳走进这间房子的第一个瞬间，一种奇怪的气息擦着她的皮肤过去了。

她是本能地嗅出来的，这肯定不是一个单身男人住的房间。这种隐殇的气息像从一座城堡深处飞出来的，扑面而来，疼痛而温柔。

站在门口犹豫了一秒钟的时候，地上有一双绣花拖鞋和她无声地对峙着。那双鞋放得并不整齐，一前一后地摆在那里，丝质鞋面，红底蓝花，也是带着魅气的。犹如一双脚印，似乎有一个女人正站在她面前，只是不现形的。她有些微微地害怕，却还是脱下了脚上的高跟鞋，换上了这双绣花拖鞋。一种温钝的感觉像植物一样从她的脚心向上，爬满了她的全身。就像突然有另一个人站在她身体里一样。

她低下头去，从光滑的木地板里看到了自己依稀的影子，就像一条河里的倒影。她正站在一片浩大的水面上。水里只有她一个人的影子。孤单。坚硬。空。脆。身后的李湛云说话了，你先坐，我给你倒杯水去。他的拖鞋声从身后消失了。进了厨房。

她迅速抬起头，以一种连自己都感到吃惊的机敏快速打量着这套房子。两居室。九十平米。格调，白色。果然是医生住的地方，到处是大片大片明晃晃的白，像阳光下的碎玻璃片一样扎着眼睛。她自己坐在了白色的沙发上，沙发毛茸茸的，像裹了一层皮肤，散发着一种类似于动物的体味，蹭着她，微微地痒。

李湛云还在厨房里不出来，不知道他在里面干什么。他的影子整个地消失在雕着荷花图案的玻璃窗后面，像站在一片凋谢的荷花深处，干瘦，零落。她怕他突然出来，便迅速整理了一下目光和衣服上的褶子，拉了拉裙子，把两条腿优雅地一叠，一折。角落里的灯光只有很瘦很枯的一束，像插在瓶子里风干了的花，喑哑地落在她身上。她长长的影子流动在白色的沙发上，看上去，这影子像清冷地流动在月光下潮湿的石阶上。

她坐在那里，像个紧张的演员，她很想抽烟，但是得忍住。她一次又一次地审视自己身上的衣服，有漏洞吗？应该没有，无懈可击。夸张吗？让人一望而知就是为约会特意准备的？她打了腮红，涂了口红，可是她已经尽量使它们看起来就像从她身体里长出来的，而不是嫁接的。他还不出来，她便又换了个姿势，把两只手抱在胸前，再次打量着这间干净到异样的房间。

一种让人感到凛冽的干净。

干净的渠道很多，比如洁癖。可这间屋子里不是，一定不是。有一种不是男人身上的气息在这房间的某一个角落里隐秘地流动着，她下意识地抽了抽自己的鼻翼，捕捉起来却什么都没有了。难道因为她是学化学的，对气味太敏感了？她为什么就是感觉到有一种诡异的东西铺在这屋子最深的地方，硌着她，像刀片一样划着她过去。

屋子里很静，她又看了看那扇雕着荷花的玻璃，玻璃上只静静地站着荷花，没有其他风吹草动。她站起来，无声地走到那间开着门的卧室前。卧室里有一张大床，有个通到天花板的衣柜，没有人。卧室的窗帘拉着，看上去整间屋子像在幽暗的海底，混浊的，温钝的。她又无声地走到另一间卧室前，一样，床、书架、衣柜，没有任何活物的影子，连只猫都没有。到处是深不见底的白色。

她像个贼一样再次溜回到沙发上的时候，突然明白了，这个男人是故意的，故意把时间和空间给她辟出来一块，就是为了让她自己看看这是间什么样的屋子。

她有一种上了圈套的不安。他已经空出时间空出屋子去提前告诉她，这屋里什么都没有。可是，她仍然觉得，这屋子是一个大蚌壳，谁也不知道里面究竟饲养着一些什么生物。何况他为什么要这般煞费苦心，不是此地无银三百两吗？

李湛云终于从荷花丛后面走出来了，手里拿着两杯茶。高瘦的玻璃杯，里面的茶叶像一团葱翠的森林。妖冶。茂密。她对他礼貌的微笑，接过茶，捧在手里。灯光从茶叶缝隙里折到她手上，像灯笼里发出的光，一层闪着釉光的绿色。有些烫手，她把它放在了桌子上。白色的木桌上有一只很小的鱼缸，里面只游着一尾红色的金鱼。李湛云说，烫着了吧。她笑，不说话。李湛云还是穿着回来时的白色衬衣，没有换衣服，她今天穿的是一条黑色的丝质长裙。一黑一白，他们坐在桌子的两侧，看上去像两枚意味深长的棋子。

这个男人从一切表象上来分析还算不错的人选，斯文、干净、高大，有还算体面的职业，有房有车。就是不知道有没有什么怪癖了。这是他们第三次约会。第一次，他请她吃饭。第二次，她回请他吃饭。到第三次，他主动说，要不去我家坐坐吧。她微笑，表示默许。心里却还是有些泛酸，他是要在和一个女人没有任何实质性的关系之前，成本要减少到最小化。这样，在感觉到不合适的时候就可以毫不心疼地换掉。不是心疼女人，是心疼钱。去他家里坐坐，多么好的借口，就是省不出饭钱也起码省下了一杯咖啡钱。

她看着车窗外冷笑，不说话。不过，去他家也好，她借此机会勘测一下这个男人最起码的居住条件。有房？那是什么样的房。看一间屋子的格调简直就是看男人里面穿的内衣，最能切到核里去。最重要的是，看看他有没有藏着什么怪癖。

因为她知道，最不可征服的不是别的，是一个人身上的怪癖。

其实她对男人的要求很简单，他只要具备一切典型的男性特征，没有变态的世界观和人生观，不反感女人，不讨厌身体和气味，不离群索居，不拒绝美食和手淫，不假装厌恶钱财与名誉，不盲目乐观也不无故悲观，不迷恋爱情也不否认爱的存在——他最好正常到如同艾滋病病毒一样不可战胜。她要的就是这样一个正常男人。可是她到三十一岁的时候还是没有把自己嫁出去。她三十一岁也就罢了，偏偏，她是个三十一岁的博士，准确地说，是个三十一岁的女博士。在她的相亲史中，最悲惨的莫过于向男人隐瞒自己的学历，说自己是本科毕业。在婚猎市场上，她基本上处于弱势群体，后来自己觉悟了揭竿而起。但本质上，其实还是弱势群体。相亲男们惧女博士胜如惧虎。

李湛云喝了一口茶，咕咚一声，在这寂静的屋子里，听起来竟像什么东西落到了井里的回声。她知道了，他现在有些紧张。这让她有些高兴，就像是看着对手自己像雪一样先融化了。当他放下杯子的时候，她知道，他要开口了。她不看他，只盯着那尾鱼看。她杯子里的那团绿衬着这点游移的红，有些触目。她感觉到他的目光落在了她身上，她不避开。她今天来就是为了被看的。她又在脑子里把身上的衣服细节回顾了一下，没有漏洞，绝对经得起推敲，每一处细节她都是不动声色地准备好的。和每一个男人约会前她都有要奔赴战场的感觉，紧张、恐惧、激动、热血沸腾，随时准备着干掉对方和被对方干掉。

还有，很深很深的厌倦。

所有约会的男人都像镜子，她从里面照出了他们要什么样的女人。他们不要一个博士，女博士，女人是用来给男人做饭洗衣上床的，不是让她每天在一个男人面前摆弄学问和人生观价值观的。过完三十岁生日的时候，她狠下决心把那叫爱情的东西进行了抽筋剥皮，砍去了所有的繁文缛节，最后告诉自己剩下的一点核，爱情不过是使人软弱，使人充满占有欲望，变得不可理喻，最终靠低级的肉体关系结为契约，彻底失去自由的东西。那么为什么还一定要爱情？

孤单不起？那就找个人结婚。三十岁以前对爱情有过的所有正常的期望这时不过已是劫后余生。将温暖着她三十岁以后的所有孤寂岁月。

李湛云是唯一一个和她约会到三次的男人，这使她对他有些感激。同时她又在警惕地想，一个三十四岁的外科医生为什么一直不结婚？他有女人吗？他没有女人吗？有女人可怕，没有女人更可怕，那说明他有某一种严重的怪癖。比如，厌恶性或者厌恶女人。

在李湛云开口之前，她做好了一切准备，她决定这次不能失手。她不想一而再再而三地像奔赴战场一样去屡次相亲，所以这次她一再提醒自己千万不能卖弄思想和学问，她在这条壕沟里已经栽倒不知道多少回了，这次千万不能再重犯了。她不想让自己像一幅过了时的名贵油画一样挂在墙上，男人们只是驻足看看就走了，等着她自己发黄发脆腐烂。李湛云开口的第一句话却是，你知道做外科医生是很忙的，你会做家务吗?

她简直有些惊慌。第一次有个男人张口就和她讨论做家务问题。完全无视她是个化学博士。她有些淡淡地受辱，他和别的所有的男人是不一样，但却是走到了另一个极端上，只不过是在跷跷板的这头和那头。都会掉下去。她回答，会，但要看我愿不愿意做。她为她的挑衅感到得意而恐惧，她不能让他看轻了她，却也不愿意让他仰视她。她喝了口茶，不安地等着他接下来的反应。

可是他居然没有反应。

他也喝了一口茶，她知道他又要说什么了，她等着。他眼睛看着鱼缸说了一句，咱们这是第几次见面了？哦，第三次了，我这人记性不是太好。都三次了，哦，是这样的，如果我们在一起生活了，你能不能接受，嗯，另外一个成员和我们一起生活?

向琳也抿了一口茶。她只用茶湿润了一下嘴唇便放下了杯子，杯子挨着桌子，清脆的一声。像枚棋子走出去了。这茶杯在他们两个手里轮流被使用着，就像一件道具。这喝茶的当儿里，她想，另外的成员？什么意思？一个多病的老母亲？一个残疾的兄弟？一条独自能占掉半张床的金毛狗？总不会是他已经有个私生子吧？让她直接过来做继母？这时他像看穿她一样突然说了句，你不用想太多，我这人是有洁癖的，你知道的，很多医生都有洁癖。

她笑，心里却想，他为什么问她这样的问题？这屋子里除了桌子上这尾鱼，并没有看到什么活物，这是个什么样的成员？他居然敢在见她第三次的时候就提出这样的问题，换个女人他也敢吗？他拿捏着她，她就是再装得不动声色，不着痕迹，他还是从她每一次都要换条新裙子就看出来了，她在乎和他的每一次见面。她每一次其实都是隆重登场。他看出了她急于想结婚。像黄昏菜市场上急于出手的剩菜，到明天早晨就更不好卖了。他拿稳了她的心思才敢问她这样的问题吧？

女人待价而沽，男人又有什么区别。

她竭力不动声色地问了一句，我可以知道是什么样的成员吗？他突然有些微微烦躁的样子，开了电视，随便调了一个频道，却把声音调到了最小。电视里也有两个人在说话，嘴巴一张一合，却没有发出声音，就像两尾鱼在水里呼吸一样。她疑心自己说错了什么，偷偷看着他的侧面，他呆呆盯着电视却突然开口了，就是，亲人吧，需要照顾的亲人。你不要觉得我唐突，我是觉得，你这样的知识女性理解力和包容力肯定是比较高的。换个女人我还未必和她说这些。

他告诉她我是看得起你。

这话像一剂镇痛药贴到了她身上，使她暂时有了些微微的舒服。借着这微醺般的舒服，她脱口说了一句，谁没有个需要被照顾的亲人，在一起生活也是很正常的。她这句话说完的时候，他扭头对她笑了一下。客厅里昏暗的光线抹到他脸上，使他看起来突然以一种奇怪的方式变温和了。那笑容是一种得了胜的笑，宽大温和，他就知道她不会拒绝？她忽然又是踩了圈套的感觉，顿时有些微微地想落泪。

他迅速地像剖析一个外科手术一样剖析着她，他又说话了，你知道，如果我们现在想结婚都是真的需要结婚了，你是，我也是，所以把该说的先说了会对我们以后有好处的，你觉得呢？他把太极推给了她。她不说话，却想，他虽然这样地直接，但也可以看出他是真的想结婚的。他可能只是太务实了吧，先把利害关系赤裸裸地摆出来也未必不好，这些利害关系难道现在不碰它，以后它就会自生自灭了吗？就是在最幽暗的地方，还不是要自顾自地长大成人。对她这样的大龄女青年来说，未必不是好事。

想到这，她像是自己和自己打完了一仗，又像是摸黑赶了很长一段夜路，身心疲惫，心里却是多少平衡了些。接下来她问了他一些简单到弱智的医学问题，他宽容地看着她，很详细地给她做了解答，她则安静耐心地坐在那里，像听教授做讲座一样听他说话，并竭力做出一脸的迷茫状。最后连脸和目光都累了。她要送给他成就感。

突然，他看了看表，说，不早了，走，我送你回去。她有些懊恼，这样的话怎么能被他先说出来？就像是她赖着不想走，却硬是被赶走了一样。话先说出来让她连个还手之力也没有。他开车把她送到门口，然后两个人在车里礼节性地道别，她下了车，知道他在车里看着自己，就在步子里加了些袅娜，走到了楼下。上了楼，他的眼睛从她背后消失了。进了家知道背后没有眼睛看着她了，她才周身坍塌下来，把自己摊到床上，开始反省，这个晚上究竟发生了什么？就是两个人看默片一样看着电视屏幕发了会儿呆，说了几句无关痛痒的话，过了几招。还有就是，见三次了，他对她都没有任何暗示性的动作，比如碰到她的手。这正常吗？她已经到这种地步了？急着让一个男人去碰她的手，好让她踏实地觉得，他对自己还是有兴趣的？

原来她已经开始相信，真的没有哪个男人会因为喜欢上一个女人的灵魂再去喜欢她的身体。

这种相信简直是一种耻辱。

可是到他下一次约她的时候，她还是不假思索地答应下来，并提前一个小时开始化妆选衣服。她需要结婚，需要从这租来的房子里搬出去。这一次，他们把战场从客厅搬到了厨房。厨房比客厅要有烟火气，也算是他对她的慈悲吧。她看到他所有如同手术器械般银光闪闪的餐具时，又是一阵忍不住的惊异。她在那一瞬间甚至怀疑他身体里住着另外一个女人，在帮他做这些事情。他拿手术刀的身体里寄宿着一个女人。这种想法让她忍不住多看了他几眼，但他看起来很正常，正在灯下安稳地切一棵芹菜。

他把一棵肥硕的芹菜细细地整齐地剖开，切成了一节一节的，码在了雪白的盘子里，就像在无影灯下动手术一般。这让她顿时觉得他还是个温情细心的男人。起码在他身上还没有看出太多怪癖的痕迹，或者，那些怪癖只是藏在一个瓶子里的，她一旦拔开瓶塞，它们就会钻出来长成带着獠牙的巨人站在她面前。

他们站在那巨大的荷花玻璃下配合默契地炒菜，就像一个人身上长出了四只手臂。这也让她觉得安心。厨房和床上，其实才是最让男人和女人们踏实的地方。他们坐在沙发边吃饭，那只鱼缸被盘子和碟子包围在最中间，就像是，它是这道晚宴里最核心的那道菜。吃饭的时候，她注意到他有些微微的焦躁，话说得很少，饭却吃得很快，她知道他又很快要下逐客令了，也便加些力气快速地吃饭。吃完饭没有几分钟，在她还没有考虑好要不要提出帮他刷盘子时，他已经开始看表了。就在他做出那个动作的同时，她先开口了，她说，不早了，我该走了。话音和他看表之后收梢的动作几乎同时落地。她暗暗松了口气。出门。

第五次到他家的时候，她想，这次不能再度集中在厨房了吧。做饭嘛，小试牛刀露露脸就够了，女人痴缠于做饭只能更快地沦为女佣。她把目光集中在了他的床单上，一个单身男人的床单总不至于洗得太勤快吧。她刚要动那床单，他突然在她背后说话了，不用洗，刚洗过的。她的手僵在了空中，像只标本一样被钉在那里，落不下来。

这房间里一定住着一个女人。一定不是他一个人。她突然就敢这样告诉自己。把自己都吓了一跳。

这第五次约会即将结束的时候，她借口去了趟卫生间。然后她对着镜子摘下了戴在耳朵上的一只红珊瑚耳钉，很小很细的一只耳钉。戴在耳垂上的时候它才能活过来，一摘下来便成了一点蚊子血，死滞的一点红。她把这只耳钉放在了镜子前的玻璃架上。

她设下一只饵。

她等着她现形。

二

每次约会的琐碎和细节像很多浮游生物一样，在他们两人之间无声地生出，又湮灭，可是光这层层叠叠的尸骸也会积少成多。有这细小的尸骸做肥料，便有更多更大的东西在他们之间生长起来了。尽管他们彼此仍是没有底气的。她知道，他们根本不具备长出底气的基础，他们之间是一层空而脆的壳，一敲就碎。他们要的，更像是，一种，收留。她知道她需要，那他呢？也需要一种收留？并带着他那个传说中的亲人要她收留？而他能和她层层叠叠地约会下来，莫不是只因为她能容忍他带着一个亲人和她在一起？而并不是他真的就对她本人感兴趣。就像，她其实不过是个收容所。

这种侮辱显然比收留更可耻。

一切量变必然会引起质变，她穿梭在他房间里的时候多少有了些熟门熟路的感觉。她终于可以不再寄居在他的眼色和表情里，她的脚可以自己走熟了地进到厨房和卫生间。不过也仅于此了。其他几条路线，比如去任何一间卧室的路线还没有被开辟出来。他没有给她任何留下来过夜的暗示，他每次都比墙上的那只钟还要准时地提醒她，不早了，该走了。就好像提防着她随时准备留下来和他过夜一样。她每次都是带着些失落还带着些耻辱地从他家里出来。他无视她的学历，她倒不说什么了，她像个受气的小妾一样习惯了。

可是，他连她的性别也无视。

仿佛坐在他对面的她是男人和女人之外的另一种生物。

这耻辱是说不出口的，像哑巴吃了亏，只能在腹中坐成一个胎儿，她自己消化不掉也打不下去。六次，六次约会，还不足以上床？这年头上床是一种标志，表示你们的关系进入一个新的安全可靠的时期了，你们在一起的时候不至于无聊到无事可做了，不必再装腔作势地探讨人生了。直直进入一个主题便相当于卸了彼此的遮羞布。可他怎么就如此无动于衷？装？也不用这么长时间吧。可是她总不能赖着不走吧，搞得和妓女一样迫不及待。

向琳进一步加大力度钻研自己身上的服饰，从外衣到内衣，以使自己任他什么时候什么角度看都毫无破绽。另外她开始担心一个问题，这男人是不是性取向有些问题？或者，干脆就是性无能？那他还和她谈什么谈，和她结了婚再把她当成个摆设给人看，而她自己事实上却长期荒芜着枯竭着？一个化学女博士最后沦为一件婚姻里的道具？不行，她一定要试试再说，这床不上是不行的。

当她第七次走进这房间的时候，她坐在沙发上简直有些如坐针毡了。因为她惦记着那只耳钉，她惦记着自己埋的那只饵。想到被饵吊起来的那个隐形的人形，她简直是恐惧而兴奋。她强忍着坐了一会儿便起身说要去洗手间，这样不至于引起他的怀疑，怎么一来就往洗手间跑？进了洗手间掩上门，她往那玻璃架子上一看，没了。那里空空的，那点尖利的像伤口一样的红真的不见了。

她盯着那儿死死看了半天，就像要把那儿看出一个洞来，然后，把目光慢慢移进了镜子里。她与镜子里的自己对视了，她看着镜子里自己的眼睛，忽然感觉像走到一个洞口了，洞中深不见底，她不敢往里走，却知道洞里一定有着什么。

洞里有个人在黑暗中看着她。

出了洗手间，她装作若无其事地坐回到沙发上。喝了一口水，才闲闲地拈出一句，我上次不留意把一只耳钉落在你家了，你有没有捡到过？捡到就还我吧，剩下一只怎么戴？她费力地撒着娇，一时都有些气喘吁吁。李湛云眼睛看着电视，嘴里极流利地脱口而出一句，耳钉？没见到。不假思索地回答，显然是真的，因为他的语气底下是平静的，光滑的，连个骨节都没有。

不是他拿的。那么，这屋子里还有别人。

有一个隐形的人躲在这房间的某一个角落，卧室，客厅，厨房或者卫生间。

她仍然是刚才的姿势坐在沙发上，一动都没有动。事实上，她的全身开始发干发紧，像一株突然被抽去了水分的植物，松脆地蜷缩着。她舔了舔自己的上嘴唇，干枯的，有两颗牙齿粘在那里，掉不下来。她眼睛盯着电视，眼前出现的却是那点红，那点红珊瑚像钉子一样砸进她的眼睛里。她看到一只雪白的手伸过来，伸向那点红，把它放在了手里，就好像，那是一颗红痣，惊心动魄地长在那只雪白的手上。她顺着那只手向后看去，看去，却是一片模糊，一张模糊得没有五官的脸。

她想起了第一次走进这房间时那一瞬间的感觉，这不是一个单身男人住的家。那种凛冽的感觉是真的。那种感觉这时候像一只手一样阴凉地触摸着她的皮肤，摸着她的身体。

她坐在沙发上开始出冷汗，开始发抖。

就在这时，李湛云开始看表了，他体内的生物钟简直像一只牧羊犬，忠实地准备着到点就把她赶走。

恐惧突然带给她一种奇怪的力气，很邪，很硬，亘在她身体最深处像一截树枝直直支撑着她。任是怎样她也坍塌不下去了。屋子里的光线半明半暗地落在她脸上，把她的眼睛遮到了暗处，却把嘴唇推到了明处，她涂了口红，那嘴唇看起来就像一场火灾。他看着她的眼睛和嘴唇，她也看着他的，她就像看着一团琥珀里的影子，他的嘴唇张开了却没有再动，就那样凝固住了。他已经知道她要说什么了，他等着她说。终究是个绅士的男人。

她对他迅速一笑，干净，凛冽。她感觉自己像站在了跳水板的最尽头，就差那纵身一跳了。紧张，眩晕，但有近于嗜血的快感。然后她看着他的眼睛，终于说，我，不走了，好吗？

她已经从那跳板上跃下，突然就见底了，反倒没什么了。她看着他，就像观察着化学实验室里一瓶准备发生反应的溶液。他的脸上迅速闪过一道影子，像拉下的百叶窗，静静的，却是从窗外也闻到了里面那恐惧的气息。不是她，那就是他在恐惧。她更加紧张地兴奋地看着他，一个瞬间都不肯落下。他开口了，住下……这个，我是觉得，我们还不是很熟悉，这个，当然，你要觉得晚了，不方便回去了，也不是不可以……反正也有两张床的，你可以睡一间……你确定，住下吗？

她知道，他如果一定要拒绝她，那他们的关系从这个晚上开始也就结束了。一个女人要留宿却被男人赶走毕竟是不太光彩的，而且他如果一定要拒绝的话那分明就是一道破绽，里面露出的是一些与他自己血肉相连的东西。他如果不拒绝，那是因为，他还是不舍得她。

他眼睛里的恐惧静静地熄灭下去了，只留下一堆余烬明灭可见。她狠下心，踩着这余烬走过去，一直走到他面前，好的，我今晚就不回去了，我睡哪间？哪间都可以？李湛云眼睛里的余烬跳了一下，他迅速指了指右边那间卧室，说，你睡这间，那间是我的卧室，哦，我睡惯了，换了房间会不习惯。向琳看着他笑，表示感谢。他说，那你洗漱吧，我先回房间去了。他好像很疲惫了，说完就向左面那间卧室走去，走到门口即将跨入那扇半开的门时，他停住，回头看了她一眼。就像一个行将消失在另一个空间里的人，道别性的一眼，竟带着些苍凉的暖意，然后，他从那扇门里消失了。

客厅里只剩下她一个人，她贪婪地斯文扫地地仔细看着这间客厅。很简单的家具，就像一片裸露的沙滩，不足以存活什么生物。不可能是在客厅。她进了洗手间，装作洗漱的样子，故意把水哗哗打开，眼睛却紧张地盯着狭小的洗手间。虽然，那只红珊瑚耳钉就是在这里消失的，这里就像一处杀人现场，只模糊地能看到一只脚印和几滴血迹，但凶手在哪里却根本无从考据。她继续侦查，装作找水喝，去了厨房。在那扇雕着荷花的玻璃后面，她又一次看着所有如医疗器械般闪亮发光的厨具，觉得空气中分明站着另外一个人，一定是个女人。这么干净的厨具，她不信出自一个男人之手，即使他是个有洁癖的外科医生。

可是，那也只是个影子，她捉不到她。剩下来的就只有那两间卧室了。她要找的那个鬼胎只能在这两间屋子中其中的一间。

她战战兢兢地进了那间卧室，马上开了屋里所有的灯。灯光把屋子里砌得满满的，不留一丝缝隙。屋子正中间是一张床，床单整洁而荒凉，久无人烟的样子。靠墙是一排通到天花板的衣柜，靠窗是一张沙发，沙发上零散地扔着些枕头，五光十色的，看起来像扔在沙滩上的石头。她久久地看着这间屋子，然后屏息站在了衣柜前面，她在那儿静静地站了几秒钟，然后无声地拉开了衣柜。里面很空，只有几件男人的外套和衬衣空荡荡地挂在里面。层层叠叠的衣服就像主人一个又一个晒干了的魂魄。她看着它们，关上了衣柜，让它们重新回到了幽冥的暗处。

这间屋子里真的只有她一个人。她颓然坐在了床上。可是，那种神秘的诡异的气息还是锋利地擦着她的皮肤割过去了。她看着空中，看着那个如一缕幽香的女人透明的影子。她如风一样穿过她的身体，使她在那一瞬间有些微微地悲伤。她是在明处的，是实实在在活着的有呼吸的女人，却不及这屋子里一个看不见的影子。

她为什么要和这个影子做这样的斗争？她只是不甘

心让她的自尊受辱？让一个女博士输给一个看不见的女人的影子？

一个晚上向琳都没有关灯，一关灯她就觉得黑暗中有一个女人正向她走来，和一个看不见的女人在黑暗中做斗争实在是一件疲惫的事情。迷迷糊糊到了半夜，刚睡着就被出现在梦里的一只手惊醒了。梦里的那只手冰凉濡湿，就像一尾死鱼触着了她的皮肤，那只手死死攥着她的手，她挣扎着，使劲看过去，却始终看不到一张完整的脸。醒来向四周一看，才知道自己躺在一张陌生的床上，留在床单上的那些隐隐约约的陌生气息此时像虫子一样慢慢啃着她，向她身体里爬去。

她躺在那儿发了几分钟的呆，然后爬了起来，出门，走进了黑暗的客厅。客厅里一盏灯都没有开，像巨大黢黑的海面，海面上暗涛汹涌。她走到对面那间卧室门口，犹豫了两秒钟，开始敲门。清晰整齐的三声，就像用剪刀裁出来的。屋子里的灯忽然亮了，灯光从门缝里一缕一缕地渗出来，像从一艘隔世的渺远的船上漏下的灯光，在黑暗中看去愈加苍凉遥远。屋里传出李湛云的声音，谁？因为紧张和恐惧，这声音听起来竟不像他的，尖尖的、脆脆的，就像在声音上突然长出了一棵什么奇怪的植物。她听着这声音，想，他害怕了。他为什么会害怕？她回答说，是我。

里面的声音稍微镇静了些，却依然是仓促的，焦躁的，你怎么还不睡……我睡了。

她在黑暗中微笑，我一个人睡害怕。

他的声音还在刚才的源头，说明他在床上动都没有动过。他尖尖地说，屋子里什么也没有，怕什么……快去睡吧……我睡了。

然后，灯也关了。那艘船从海面上沉没了，只留下阴森森的桅杆的影子在海面上起伏着。他不许她进去。他毫不留情地拒绝一个女人半夜进他的房间，只有两种原因，要么是他真的对女人不感兴趣。要么，他屋里还有什么别的，那就是说，那个影子可能就在他屋里。

向琳几乎一夜没睡，第二天早晨刚听到对面卧室里传出的窸窸窣窣的响动，她就爬起来从门缝里望出去，对面的门开了一下，他出去了，进了卫生间，然后，他从卫生间出来了，又进去了，门留了一条缝。她极力向那门缝里看过去，却什么也看不到。突然的，她就做出了一个决定，她用手指理了理头发，快步走出了自己那间卧室，然后，没有敲门就径直推开了对面那扇卧室的门。在推开门走进去的同时，她对站在屋里的男人笑着打了个招呼，早上好，起这么早？

与此同时，她用眼角的余光迅速打量了一下这间屋子，窗户还没有开，屋子弥漫着宿夜的气息，酸涩的，暖湿的，类似于一种荤腥的肉感。床上的被子还没有来得及收拾，没有筋骨地散成一团，颓败地坍塌着。只一眼她便看到了，床上有两只枕头。是两只。她有些尖利的疼，却仍然对他笑着，眼睛里已经结了两层薄薄的壳。她把两只手交叉抱在胸前，把头倚在了衣柜上，很柔软地靠在那里，就像她是这衣柜上附生的一个软体生物。

她看着他笑，他便愈加紧张起来，她看到他从里面坍塌了，从里面开始摇摇欲坠了。他随手捞起被子胡乱一扔，却不过是为了把两只枕头盖在下面。然后，他坐在了那堆棉织物上面，也对她一笑，昨晚睡得好吗，我梦见你半夜敲我的门了，梦里都吓了一跳。她笑得像真的一样，是吗，居然做这样的梦？还梦到了我？

他笑得艰涩混乱，几点上班啊。他嘴里在说话的同时却一直用一点点余光，不多，就那么一点点余光轻轻瞄着她靠着的那个衣柜。可是，这一点已经够了。她更深地笑下去，该走了，你呢？几点走？要不要一起走？

在说完这句话的同时，她从胸前抽出了一只手，那只手白而凉，发出了月光下的雕塑的气息。那只手伸到了衣柜的开关上，放在了那只金属的扣环上。她只用一只手指勾住了那只扣环。突然，李湛云迅速向她走了过来，他的脸色是她从来没有见过的，他几乎是向她扑着过来的。但是，晚了，她用一只手指就把那扇衣柜的门打开了。

衣柜里坐着一个女人。

一个很年轻的女人穿着睡衣，坐在一堆柔软的衣服上，里面的防潮灯开着，灯光雪亮温暖，她看上去就像是从这堆衣物里生出来的一个柔软的婴儿。

她看着她，她也看着她。她们像从一面镜子里看着自己的倒影。

清冽到了纤毫毕现。

三

向琳缓缓把目光移向了李湛云，她一句话都不说，只像一只受伤的动物一样看着他。尽管她知道，她其实连受伤的权利都没有，可是她还是看着他。她想知道，如果一个男人和一个女人之间是以欺骗开始的，又能以什么来结束。

李湛云站在两个女人面前，微微低下了头看着地板，然后他像找到了什么东西一样，再次抬起了头，这次他接住了向琳的目光。

你要相信我说的每一句话，每一句。因为我根本没有骗你的必要，其实我从来不骗任何人，我一向是个自视甚高的人，怎么可能去骗人？可能你听完我说的这些话我们就再不会见面了，就算那样也没关系，我知道你还没有爱上我，就像我也没有爱上你一样。我们之间现在是平等的，你不用这样审视地看着我。我也不是要故意把她藏起来骗你，我只是觉得还不到时候，你们还不到见面的时候。但我迟早会让你见她的。我需要时间来知道你能接受我多少，因为你接受我多少才会接受她多少。我和你说的那个亲人，就是她。

其实她不是我的妹妹，不是我的妻子，和我没有任何血缘关系。她曾经是我的病人。

两年前，我三十二岁的时候还是一个人生活，没有结婚。我可能有些心理洁癖的原因，一直没有遇到合适的女人，当然我也有过几个女人，或长或短的，都无法长久地交往下去。那是个黄昏，我在办公室里等我的最后一名挂号病人，然后她进来了。我只记得她的脸很年轻，然后其他的就不记得了。因为我的职业习惯是不会去记一张病人的脸的。我只关注他们生病的部位。

她说她身体上长了一个奇怪的疙瘩，我漫不经心地问在什么部位，这时候她做了个让我很意外的动作。她直接撩起了身上的裙子，露出了一条粉色的内裤。我从没有见过这样的女病人，她的这个动作自然得不能再自然，却是有着一种奇异的力量，那是一种很尖利的很透明的，却无所畏惧的东西。就像是，一颗明亮干净的牙齿刺进了我的眼睛里。她看了我一眼，我从没有见过有病人用这样的眼神看医生，带着一种很轻很浅却万分娴熟的，挑逗。对，是挑逗。但她眼睛里的这点挑逗很奇怪，因为那点东西的最底下却是坚硬的，是怎么也进不去的，那是一点骄傲。一个女人的眼睛里同时燃烧着挑逗和骄傲，就好像她周身同时布满了冰和火的影子。这让她看起来很邪气，却有着一种让人感到心酸的美。我甚至怀疑她是不是走错了地方，怎么会出现在医院里。她好像压根儿就不是来看病的。

但她却指着腹部下方说，就这里，长出一个东西。我让她躺下，然后走到跟前去看，说实话，当时我竟然感觉到了紧张。这在我的职业生涯中几乎是没有过的。我先看着她那条粉色的内裤，然后我把目光上移，看了看她的小腹，是颗病变的疣。我告诉她，需要用激光切掉。她躺着看着我的眼睛，目光有些紧张，疼吗？我喜欢她这点撒娇般的紧张，这让我很舒服。我说不疼，就是一两秒钟的事情，也不会结疤。她说，好吧。声音很轻，就像她的整个人突然躲在了一堵墙的后面。我又看了她一眼，那一瞬间的感觉是怕她突然消失了。她躺在那里整个人看上去很瘦很小，她抱着肩，有些怕冷的样子。我很想抚摸她一下，但是忍住了。

我很快就做完了这个简单的小手术，其实当时我希望这个手术能做得再长一点，可是，还是结束了。她躺在那里说，我起不来了。我笑她，没那么严重的，又没有动刀子，要不要我帮你？我向她伸出一只手去，我自己都能感觉到我那只手在微微发抖。我不是没有经历过女人的男人，所以连我自己都感觉很奇怪。她伸出一只手，把它放在了我的手里，在那一瞬间，我觉得有类似于血液的东西从她那只手里流进了我的手里。

那个黄昏她走后，我在办公室里久久坐着发呆，不知道为什么，不想走也不想动，就只想坐在那里去回味空气里留下的那点东西。那点东西像粒沙子一样硌着我，硌了我一个月，硌得我浑身难受。那一个月里，只要是女病人进来，我都会神经紧张，因为我害怕却又盼望，进来的是她。我问我自己，我这是怎么了，后来我想明白了，我是忘不了她眼睛里的那点目光。那点带着邪气的却让我觉得心酸的目光。

一个月后的一个黄昏，又是快下班的时候，一个病人进来了，是她。我第一眼就认出来了，是她，就好像是这一个月里，我其实一直在等她，等着她出现在这扇门里。我问她又怎么了，她说她来检查一下她那颗疣好了没。我检查了一下说，已经好了，不用担心了。她像上一次那样躺在病床上说自己起不来了。我向她伸出了一只手。

但是我无法把那只手松开，就在她要从床上爬起来的一瞬间，我看到了她的脸，我真的惊讶那样一张很年轻很干净的脸上，却有着那么邪气的目光。像一种盛满了蛊的容器。那分明是一种引诱。但我没有想明白她为什么要去引诱一个陌生的男人。后来我试着把她揽入怀中时，她竟没有拒绝。她竟然不拒绝？我们居然在那张病床上做爱了。

等我们穿好衣服的时候，窗外已经完全黑下来了。走廊里很静，几乎没有人了。我忽然有些后怕，不知道自己做了什么，我奇怪的是，她怎么就不拒绝？她和我这样一个陌生人，第二次见我，连我的名字都不知道，为什么要和我做爱？我简直感到愤怒，我有一种踩上圈套的感觉。她正在穿衣服，她把裙子往头上一套，只露出了一张脸，就像在黑暗中长出的一株妖冶的植物。

这时候我才像苏醒过来了，这种苏醒让我突然觉得疼痛而恐惧，我盯着她的脸，问，你经常这样和陌生人做爱吗？我问得很愤怒，我希望她能反击，希望她也很愤怒地羞辱我，她应该说，你是见到一个陌生女人就能做爱的吗？如果她那样反问我，我真的会没有还手之力，我根本无从对答。尽管和一个陌生女人做爱对我来说真的是第一次。但和她却是事实。我完全像被下了蛊一样。可她居然若无其事地回答我，是的。我吓了一大跳，有一拳打空的感觉，更深的恐惧包围着我，我看着她，像看着一种奇怪的生物，你，是做什么的？光线越来越暗，她的脸在黑暗中渐渐沉下去了，声音却自己浮了起来，那声音像是漂在水面上的落花，萎谢，薄脆，还有一点点温婉的悲凉，我是个娼妓。

我是个娼妓。

然而最让我惊奇和困惑的是，她说得那么痛快那么过瘾那么平静那么肃穆，就像舞台上一句悲怆而荒诞的台词。那么入戏，那么逼真。就像她在倨傲而内敛地告诉别人，我是个年薪百万的女CEO。我，是个高尚而风光的女人。

她不说小姐，不说妓女，她用的是两个带着暗金属光泽的字，娼妓。顺着这两个字，你就可以摸到它所有的质感，那嶙峋的邪恶的质感，铺在深处，铺在核里。它带着一种奇怪的快感将你淹没，让你突然忘记了道貌岸然，忘记了自己的社会角色。你也沉到底了，你和那骨架烧成的舍利子一起，将百年孤独。

一个娼妓的孤独，竟这样妖冶和高贵。

我不相信，我当然不愿相信，要真是妓女的话会说自己是妓女吗？连藏着掩着都来不及还敢抖出来给人看？现在的女人恨不得人人打个标签说自己是处女。更何况，我这样一个人，怎么能和一个妓女做爱？我愤怒地开玩笑，那是不是要付你钱？她说，你随便吧。她平静地把我打败了，我真的害怕了。我后退一步，看着她黑暗中的影子，颓然说，你住哪儿，我送你回去吧。

她在黑暗中笑，你怕了？

我看不到那点笑，我是听出来的，或者说，是摸到的。她在笑我。

最后我真的开车把她送回去了，因为我无端地觉得不能把这个女人一个人放到大街上，人群里。那让我觉得可怖。我要把她装回瓶子里。

她居然住在吉祥街上。车开进吉祥街的一瞬间，我的心就沉到底了，到了底反而没什么可害怕的了。就像一个犯人进了刑场，知道大不过也这样了，反而从容了。

她在一间临街的屋子前下了车，进去前问我要不要也进去坐坐。我几乎是落荒而逃。我必须承认我很狼狈很狼狈。在后来的很长一段时间里，我一直疑心自己有没有得性病。我从来没有过嫖娼的经历，现在，我和一个妓女做了爱，还是白做，不付钱的，就像是我欠了她一次嫖娼的钱，这让我感到巨大的恐惧和羞耻。

可是我必须承认从此以后我再不能忘记她，她几乎是时时刻刻在我眼前出现。我开始对女病人有了过敏的情况，我在办公室里等着下一个女病人的时候会无端地紧张，我担心着却又奇异地盼望，出现在门口的是她。她会倚着门框站在那里，朝我斜斜瞥来一眼，那样一种充满舞台感的目光，竟长在一个妓女身上。一个妓女的目光应该是充满了荤腥的肉感，可她却像是一个人站在空旷的舞台上给自己演戏，形影相吊。

可她再没有来过。她让自己彻底地消失了。大约过了两个月的一个黄昏，又是一个黄昏，黄昏有一种奇怪的磁场，就像满月的夜晚一样，会让人在一瞬间被往事汹涌淹没，真的。我突然决定，去看看她。去看看这个自称娼妓的女人。那个想法一旦有了却任是什么都拦不住了，别的一切像潮水一样哗哗向后退去，只留下了这个清晰无比的想法。去找她。

我没有太费力就找到了她住的那间屋子，这让我自己都感到惊讶，难道上次我已经暗暗记下了这道门？像动物一样留下身上的气味，为了下次再寻来？但是在我第一眼看到这间屋子的时候，我就开始感到不安了。我觉得一定有什么事发生了，我突然想到我为什么会在这样一个黄昏决定来看她，我被一种奇怪的磁场吸引着来到了这里，原来却不是没有理由的。真的，人与人之间确实是有着一种神秘的力量在相互召唤着的，在那种召唤下，你就是隔了半个地球都能感觉到，有一个人在呼唤你。

那不是血液，却比血液更可怕。

她的门从里面关着，那说明她在里面。我过去敲门，边敲边警惕地看着四周，原来我那么爱惜自己，像一只鸟小心地保护着自己的羽毛。她在玻璃门后面出现了。从里面看了看我却没有开门。她隔着那扇玻璃对我说，我生病了。屋子里没有开灯，我看不清她的表情，只能在玻璃上看到她的嘴唇像鱼一样一张一合。鲜艳的，在夜色中盛开的嘴唇。

我说，我是医生。她笑了，还是不开门，只从玻璃的后面看着我，就像隔着一条大河，在对岸模糊地隔世地看着我。我突然就一阵悲伤，没有什么理由，但是我真实地感到了悲伤。我把一只手放在那扇玻璃上，我的手几乎触到了她的唇，她没有避开。她像一只被封存在玻璃匣子里的标本，一动不动地看着我。

最后她终于开了门，我进去了。我跟着她进了幽暗的里屋，进那里屋要上两级台阶，那种感觉很奇怪，一间屋子里的石阶，就像是要进一个山洞的前奏，要进入到一个荒凉的诡异的地方了。我有些紧张，进去了却只看到一张床和一把椅子。她回头看着我，指了指那把椅子，说，坐吧。在灯光下我一看到她的脸就断定，她一定刚刚生过病。她的脸上是一种冷冷的，霜花一样的苍白。

她把自己慢慢放在了床上，真的是一点一点放到床上的，就像在放一件易碎的瓷器。她把脸贴在枕头上后，才指了指旁边的椅子说，你坐吧。我突然很想流泪。在那一瞬间，我很想流泪。我这才明白，其实这么长时间里，我一直在隐秘地心疼着这个女人，只是我自己都不愿承认。我说，你怎么了。她一点一点地把目光从我身上移开，说，和你没关系。也就是在这一刹那，我突然就断定，她一定遇到什么难处了。那是一种奇怪的直觉，很锋利很准确地就向一个穴位刺下来了，像一枚钉子一样顿时就把我钉在了那里。

我突然明白了这个黄昏我为什么会被一种奇怪的感觉牵引着来到了这里。这个世界上未必真有神灵，却是一定有着身体之间的神秘感应和召唤，因为心灵和血液的存在。真的，我真切地感觉到了。那是从一个身体里发出的频率，被另一个身体接收到了。生命的神奇远远超过所有那些物理的化学的反应。

我急忙问她，你到底怎么了，我能帮你什么？她慢慢地摇着头说，我就是觉得累。我强行按住她，给她做检查。这时候我发现，她在发高烧。我说你怎么发烧成这样也不去治病。她说没事，可能是刚做完人流还没恢复。我说你在哪儿做的人流。她看都没看我，说，这和你没关系。我觉得自己愤怒而悲伤，这个女人躺在这样阴暗简陋的屋子里，虚弱得不成样子，却还这么可恶地高傲着，用全身的力气对我说，这和你没关系。一把把我推开，让我离她远远的。说完这句话她看起来更没有力气了，她把头扭向里边，不再看我，事实上是为了让我不要看到她。我猜她可能是就近在吉祥街上那些小诊所做的人流，发这样的高烧，她可能已经被感染了。

那个晚上我强行把她送到医院，一检查才知道子宫已经被感染了，她住院做了子宫摘除手术。那时候我才知道，她只有二十四岁。叫郑小茉。

其实她那次人流和我有没有关系我真的不知道，我只是本能地知道，我不能再让她回到吉祥街上，她会死在那里。郑小茉出院后我就把她接到了家里。在照顾她的那段时间里，她才和我渐渐熟悉了，才渐渐开始和我说话。卸去一切外壳，我才开始渐渐觉得，她其实只是一个二十四岁的女孩子。在一年前，她还是这个城市里一所艺术院校里大三的学生。如果正常的话，她今年才应该大学毕业，应该找工作了。

我问她为什么没有把大学上完就退学，她说因为她在大学时爱上了一个人，是一个有钱人。因为她爱上了这样一个男人，所以她就该受惩罚，她今天的一切都是她该得的惩罚。她心甘情愿。我从没有见过这样的女人，就为了保护自己那一点，就那一点点可怜的自尊，让自己彻底到了不能再彻底的境地。在这种绝望的彻底中，在一种绝对的孤寂深渊里，她却对自己说，我自由了。我终于明白了，她表面上所有那些娴熟的挑逗其实不过是一种自卫，她仅仅是在自卫，她不是和每个陌生男人都要做爱，她不是要做爱，更不是要做交易。她是在无休无止地惩罚着自己。

痛到不能再痛了也就成了一种救赎。

我问她为什么发高烧了都不去看病，那不是找死吗？她说，我早就想着，什么时候就六十了，人熬到六十岁的时候就该死了吧。那次流产之后她身体就垮了，我一直把她留住，不让她走。在这一年里，我们朝夕相处，我们成了亲人，真的，不是爱人，是亲人。因为她身体的原因，我们几乎没有性爱，我们就是亲人了。我上班之后，她帮我洗衣服，打扫房间，做晚饭等我，做一个女人能为男人所做的一切事情。她在报答我，报答我对她的照顾。而事实上，真正负罪的是我。我怎么能和这样一个手无寸铁随时准备死去的女人做爱呢？还是不付钱的。我留她在身边却不过是为了赎罪。

我习惯了她的存在，我不知道有一天她不在这间屋子里了我会怎么样。我也不知道有一天她离开了我能去哪里，再回吉祥街？或者找个男人结婚？可是，她是个连子宫都没有了的女人，世俗怎么可能容得下她？她该去哪里？但是，就在这一年时间里，别人给我介绍女朋友的时候我偶尔还是会背着她去见。我知道她不会反对，她甚至一直提醒我要找女朋友，她从来没有把她和我真正联系到现实生活中去，她很多次提出要走，她说她不想再打扰我的正常生活，说我应该找个女人结婚了。她多么聪明，我们从来没说过这个话题，但她知道我不会娶她。所以她随时准备着要离开我。

我其实是一个多么普通的男人，我知道，我不能娶她。社会和父母会给我压力，我需要一个体面的妻子，需要一个孩子。可是我也不能丢下她，我不能不管这个女人。她的半条命就在我的手里。我不让她走，她就说，那你快找个人结婚吧，到你结婚的那天我就离开。

我却一直幻想着，有一天遇到一个独特的女人能够接受我们三个人生活在一起，就当是照顾一个生病的亲人一般，那该多好。我很少把女人带回家，把你带回家，是因为我本能地觉得你就是我要找的那个女人。你的知识结构和理解层面还有你那些特别的表情都让我觉得你一定能理解所有这些苦难，这种命运里的苦难，这种人的苦难。能理解我，还有这个女人。不是可怜，是理解。真的，我根本不愿意和别的女人说起这些，因为我从心里根本不抱希望。她们无非就是在找男人找房子找车子，可是，我凭什么要求女人不要这些，而和我一起去接受另一个素昧平生的陌生女人？我无法回答我自己。

请原谅，我对你是有企图的，这企图就是希望你能接受另一个女人和我们在一起生活。三个人相濡以沫，平等而平静地生活下去。可能是我太理想化了，这怎么可能？连我自己都不相信。我每次带你回来她就把自己藏进衣柜，为了不让你看到她，为了让你能充分地接受我。知道我为什么每次都匆忙地不礼貌地想让你走，因为我担心她在柜子里待得怎么样了，会不会难受，我知道她是那种死都不会吭一声的女人，是宁可痛死都不会让人知道她痛的女人。

但是她让我疼痛。我从没有这样撕心裂肺地痛过。

她为了让我和你约会，一次又一次地把自己藏进衣柜里。就在这房间里，她把自己变成了一个隐形的女人。

向琳往后退了两步，再退不了了，她倚在了墙上，像给自己找到了一个安稳的去处。她静静地柔软地把自己停歇在了那里。她只以为是她在暗处观察着一出戏剧，没想到，真正在明处被观察的，却是她。这柜子里的女人一直在静静地观察着她。

从她走进这房间的那天起。

就是这个女人拿走那只红珊瑚耳钉的，她吃掉了那只饵。她不是他的妻，不是他的妾，她甚至极力劝他和别的女人结婚。可是，如果她真的一点都不爱他，她又为什么要悄悄拿起那只别的女人的耳钉？她在本能地吃醋，是的，她无望地爱着这个永不会娶她的男人。一定是从那个在病房里的黄昏就开始了吧，她第一眼见到这个男人的时候，就从心里没有再拒绝过他。

郑小茉从衣柜里走了出来，先是她的人出来了，接着，她从里面拎出了一只小行李箱。行李箱安静地伏在她的脚边，像一只小小的兽蹭着她的脚。她就像是从一个传说里走了出来，忽然站在了向琳的面前。她对向琳一笑，笑容纯净从容，她说，你不用担心，我本来就随时准备着要走的，你看，我连行李都收拾好了的，我现在就可以走。我不会妨碍你们的。

她好像是隔着几千里地看着向琳，一种奇怪的骄矜像铺在她眼睛里的河床，坚硬，脆弱，荒凉。一望无际地延伸到了没有人烟的所在。这样一种骄傲出现在这样一个，娼妓的身上？仿佛这间小小的卧室此时就是她的舞台，她形单影只地站在追光灯里，而观众不过就是向琳和李湛云。她不是他的妻不是他的妾，她在良娼之间，在妻妾之间，选择了这种她想要的最自由的形式。她其实已经抛弃了所有的形式，就这样寄身在一座公寓里的一个衣柜里，身边就是准备好的行李箱，随时可以离开，随时可以让自己彻底消失。她在这座城市里，在熙熙攘攘的人群里过着一种游牧生涯，这衣柜便是她遮风避雨的帐篷。她知道她会离开的，她知道，她早知道，这个男人不会娶她的。她连一点幻想都不肯给自己。她和他在一起的每一天其实都是风雨飘摇的，是生离死别的。她那么骄傲地看着她，其实却不过是在告诉这柜子外站着的女人，放心吧，我不会和他结婚的。

她告诉她，他和她无关。让他和别的女人发生故事去吧。

她本能地在自卫，却也不过是落到底的最深的绝望。

在那一个瞬间，向琳的泪落下来了。

四

像是很久过去了，向琳第八次走进了这房间。她清晰而喑哑无声地数着这第八次，就像数着自己的指头，清晰的，鲜艳的，悲伤的。这次仍然是李湛云约的她，她答应了。在推开门的一瞬间，她就站在了那里，再动不了了。因为空气中那一缕游丝般的东西，那一缕神秘的妖冶的锋利的幽暗的东西，已经消散了。它像秋天石阶上的那层薄薄的水珠，在第一缕阳光落进来的时候，就自己悄无声息地蒸发了。她向着空中张开自己的一只手，想让那些落叶一样荒凉的神经末梢落在她手上。那些神经的末端连着一个女人，那个女人却不知道，她第八次走进这间屋子是为了来看她的。

李湛云正一个人孤零零地坐在白色的沙发上，看上去他就像是一只被留在了沙滩上的贝壳，空脆而干涸。她环视了一下这房间，然后熟门熟路地径直走进了那间卧室，她突然变得无所畏惧。她怔怔看着那只柜子，就像看着两扇神秘的雕花木门，似乎门一开，就会蹿出幻化成人形的狐妖或只是一股青烟。她无声地拉开了柜门，里面是空的。几件男人的衣服零乱地颓败地铺在里面，散发着棉质的钝钝的气息，就像一处还有余温的巢穴。她突然就把脸贴在了那扇冰凉的柜门上。

回到客厅她坐在了沙发上，坐到了李湛云身边。突然地，一句话都没有说李湛云就把头放在了她的腿上。她吓了一跳，不知所措地看着这个强行向她塞过来的男人的脑袋。此前，他们其实没有过任何实质性的亲密接触，他在他们中间砌了一道墙，时时警告她不要越过墙去。现在，那堵墙突然自己坍塌了，残垣断壁连同他的人都汹涌地冲到了她面前，哭着喊着让她接着。就因为那另一个女人在这屋子的空气里已经消散了吗?

她远远地把两条腿伸出去做男人的桌子，头却向后仰去。她不想安慰他，也不想看到他现在脸上的表情。那张搁在她腿上的脸倒像是摆在舞台上的，他明明演给自己看，却也要把她拉来做观众。因为他孤单？

他大约是觉得太形单影只了，对她的漠然也很不满，他索性像赌气一般流下泪来。一些黏黏糊糊的潮湿的东西落在了她的腿上。她突然就悲从中来，她知道他这是以示和解的信号，他主动把那堵墙拆了，告诉她，从此以后他们之间就不一样了，他们可以真的开始了。就因为那个女人已经从这房间里彻底消失了？他像摆脱一个累赘一样摆脱了她，大约心里终究是高兴的吧。当那天他下班回家发现她已经不见了的一瞬间，难过之余一定是如释重负吧。他嘴上说想带着这个女人和另一个女人在一起生活，事实上他自己都不信，不信真的有这样的女人存在。女人是什么？女人是再现实不过的动物。他只是不忍亲手把那女人扔在半路上。现在，那柜子里的女人自己消失了。于是，他可以名正言顺地对她说，我们可以开始了。他以为她是来找他的，他拿捏准了她，一个急着把自己嫁出去的不年轻了的女人，还要开多少条件？还要怎样待价而沽？她以为自己还有多少保质期？

可是他就真的一点都不爱那个柜子里的女人吗？他真的很了解她，甚至算得上是她在这个世上的知音。也许他真正爱的人就是她，可是，就算真的爱她，他也知道那个女人是不能娶的。最后他要的也不过是，让她自己离开。向琳的泪流了下来，落在了男人的脸上，男人倏地抬起了头，惊讶地看着她。就像一个上错了舞台的演员。

她没有告诉他，她今天来只是为了看看那另外一个女人。

两个月过去了，她和李湛云已经失去了联系。但是她还是留下了他的电话号码，那电话号码对她来说就像他遗留下来的一个蝉蜕。李湛云和郑小茉像两只风筝向不同的方向飘去，她抓不到他们。第八次见面之后，李湛云还在周末给她发短信，来坐坐吗？她看着那条短信发了很长时间的呆，最后回了三个字，以后吧。他们都知道以后这两个字是无期的意思，其实就是道别了。多么悲凉萧索喑哑的道别。连一点声音都没有发出。

他用的是短信不是电话，其实也是试探的意思，他谨慎惯了，生怕自己会先受制于人。于是躲在短信的后面观察着她，他从一开始就观察着她，她从那条短信的背后看到了他的眼睛正在暗处看着她。她冷笑，一把把他推开了。他也没有再说什么，只让自己悄悄地从那条短信后面消失了，渐行渐远，最后终于不见了。

这天她站在窗前抽着一支烟，那是个阴霾的下午，想下雨却一直没有下起来。适合发呆、抽烟和回忆。她站在那里忽然就想起了郑小茉。她静静地把一支烟抽完就拿起包往外走去。她要去找她。没有人告诉她那个女人去了哪里，但刚才那一瞬间突然有一个声音一直在告诉她，去找她，去找她。

这个世界上真的没有神灵吗？路上她一遍一遍地问自己，到最后她已经满脸是泪。

她一个人来到了吉祥街，没有人告诉她小茉还在这条街上，但是她闻到了她的气息。她断定，她一定还在这条街上。

吉祥街两边全是矮小的房屋，向琳一间屋子一间屋子地看过去，最后她站住了，她一眼看到了一扇玻璃门后面坐着的那个浓妆的女人就是郑小茉。郑小茉也看到了她，她站在厚厚的浓妆后面看着她，像站在一堵墙后。可是，所有的目光都是无法化妆的。

玻璃门开了，向琳走了进去。还不等郑小茉开口，她就先说话了，她自己都惊讶自己说话的语气，就像和一个熟得不能再熟的人说话，她张口就是，郑小茉，我来看你了，我就知道你还在这里。走，我带你去吃饭，想吃什么？她大声地兴奋地和她说话，气都不带喘的，似乎只有这样才能保证自己流畅地说完。其实她根本看不到郑小茉的眼睛，也看不到她的表情，她更像是在对着空中说话，更像是和她自己在说话。她牢牢地站在那里，一动也不动，就好像是一株植物要在那里生根了，她怕她把自己推出去，赶出去。她算什么，来这里羞辱她？可是，郑小茉一动不动，就只是静静地看着她。像一尊潮湿的石像。

她有些疲惫了，诧异自己竟一口气说了这么多话，她猝然停住，把脸扭向了玻璃门。来来往往的男人都要向里面看一眼，一个男人看到了她，又一个男人看到了她，都是惊讶的表情，似乎是惊讶在这样的地方怎么会有女人有这样的表情。她突然对着他们笑，一边笑一边汹涌地流泪。

这个晚上，郑小茉和向琳一起吃了晚饭。她们选了一张放在露天阳台上的桌子，吃着吃着忽然月亮出来了。向琳说，你看那月亮，千年万代都是这样，从来不曾变过，只是这月亮下面的人一代代生出来了又一代代死了，仔细想想真是没有意思。一千年前，像我们这样在一起吃饭的女子不知道有多少对，后来都化成了灰尘。我们也迟早不过是灰尘。

郑小茉久久看着那月亮忽然就开始说话了，她说，是啊，和我小时候见到的月亮一样，那时候站在月亮下面的时候就会想，以后不知道自己会去哪里，会去做什么，只是对未来本能地充满了幻想，以为一切的一切还没有开始，还在前面等着我。

那时我已经在读大三第一学期了。一个黄昏，我像往常一样，走在那条从食堂通往宿舍的路上。这个黄昏与每一个黄昏没什么区别，透明而稀薄的暮色正从不知名的角落里涌起，生长。随着最后一缕天光的熄灭，暮色开始一点点变钝变混浊。有微微的风在空气中滑过，落在皮肤上像一尾鱼。滑而腻的凉。

我捧着饭盒往宿舍里走，路过拐角处的第一根电线杆子的时候，我停了一下。在这个停顿里我看到这根电线杆子上贴着一张粉色的广告纸。我习惯留意这些小广告，贴在这里的会有一些找家教或者是其他兼职的广告。我是个贫困生，出生在一个极其贫困的农民家庭，父母都是农民。除了入学时从家里带出了几百块钱，剩下的所有学费和生活费都是我自己挣的。为了供自己上学，我一直在很辛苦地做各种兼职。

这是张招聘广告，内容很简单，校园西门外的一家手绘工艺品店要招聘一名绘画师，允许兼职，会手绘画。下面是联系电话。几乎是毫不犹豫地，我拨通了这个电话。电话里是一个男人的声音，礼貌而冷漠，和我约好第二天下午三点见。这个电话打完我就回了宿舍，坐在窗前开始吃晚饭。晚上还有两份家教要带。

因为很少走西门，我没有留意过这间工艺品店。第二天快三点的时候我向西门外走去。果然有这样一家小店，笨重的雕花木窗，门上是竹帘，竹帘上方挑着一盏青纱灯笼。透过那扇竹帘向里看，却是影影绰绰的什么都看不清，只觉得里面依稀有人影，便站在外面向帘子里面多看了几眼。挑起帘子进去的一瞬间突然有些在水底的感觉。屋子里的光线都是青色的，像瓷器上的光泽，有些微微地冷。阳光正透过竹帘落进来，落到屋子很深的地方。那些光线被竹帘斑驳地割成了一缕一缕，又散落在了地上，落在挂着的那些像水草一样柔软的衣服上。适应了屋子里的光线之后，我才看清屋里有两个人，一男一女。看清男人面孔的一瞬间我惊讶地叫了一声，华老师。这个叫华明的男人是艺术系的老师，我曾旁听过他的课。

听课的时候我坐在教室的最后一排，甚至看不清他的脸，我像隔着一条宽阔的河水，在岸边看着他落在水中的影子，他的一切是模糊的，只有声音是无比清晰而具体的，穿过偌大的教室直直落在我面前。那时候我就觉得在这间教室里，其实只有我一个人在真正听他讲课。

他傲慢地看了我一眼，说，我见过你的画。画得还不错，什么时候开始学的？为了报复他那点傲慢，我说，很小，在我们那个村子里，我的叔爷就是个民间艺人，会画画。他的母亲就是我的曾祖母在那个村子里就是以心灵手巧出名的。他从小跟着他母亲画画，而我从小就跟着他画画。他给别人家画门窗画家具，冬天的时候扎灯笼。因为穷，他最后娶了个傻子，给他生了两个女儿也都是傻子。他常年给人在油漆上画画，挣点钱给母女三人盖起了两间瓦房。垒起了围墙，用木栅做了院门。院子不大，中间有一条碎石子铺成的甬道，其余的地方种着果树和花。秋天的时候他种了一院的菊花，有早开的已经凋落了，失去水分的花瓣柳絮一般地飞满了整个院子，铺满了花丛中的那条石子甬道。更多的菊花在一夜之间悄悄开放，花香在阳光里发酵，闻起来有些陌生。

我说，我很多年都记得那条石子甬道，因为我亲眼见过那条甬道是怎么铺成的。他一个人在河边天天捞鹅卵石，一网兜一网兜地背回去，在院子里晒干，然后母女三个就坐在院门口的大石板上，用铁锤把那些卵石一块块敲碎，你知道吗？是一块块敲碎的，每个黄昏我都能看到他的两个傻女儿举着笨重的铁锤敲那些卵石，她们敲得很认真。叮叮当当的敲打声在每个黄昏里都响彻整个村庄。后来他就用这些碎石子一点一点地铺了那条甬道。在两边种上了菊花。这是他用尽全力为母女三人准备的遮风避雨的房子。他爱她们。因为他常年给人在油漆上画画，常年和油漆打交道，四十多岁的时候他就得淋巴癌死了。他的两个傻女儿都很快嫁了人，出嫁的时候一个十五岁，一个十七岁。

我说，我们家的几代人里都有人会画画。

我突然停住，再不想往下说了，我意识到我在做什么，我其实是在虚弱地告诉他，我的整个家族里都具备着这种艺术基因，这一切到了我身上只不过是遗传。很多年里我确实是这样去想的，我爱我那些贫穷卑微的亲人，我亲眼见过他们与生俱来的天赋，可是当我把这一切当成故事讲给别人听的时候，却发现这些变成了一种狭隘的卖弄。原来我最早就在担心被他看不起。我怕了，这么多年里我早就怕了。我其实知道别人在想什么，一个从农村出来连谋生都解决不了的孩子想学艺术？我想，也只有一个从小村庄里出来的女孩子才会这样吧，把自己身上那仅有的一点点优势无限夸大，无限珍惜。想让这一点点可以与整个世界抗衡。可是，这一切又怎么可能。

此后的每个下午在上完两节课之后，我就从西门出去，画两个小时的手绘画。有时候在中式的衣服上，有时候在长裙上，在手提包上，甚至在围巾、手帕上。图案都是些固定的图案，有的是彩色的，有的干脆就是在白色丝绸上用毛笔画几枝墨竹。我趴在桌上画，桌子上方挂着一盏灯，罩着蛋青色的竹灯罩。灯光落在雪白的丝绸上便像落了一层淡淡的月光。有时候有学生们三三两两地结伴进来都要围过来看一会儿，看的时候，男男女女都是屏息静气的，连走路都是轻轻的，像生怕打扰了我。我不抬头看那些围观的学生，却分明感到了他们的目光正落在我的脸上，手上。目光里带着些好奇和友善的暖意，我便有些细细的喜悦，在身体里一个不知名的角落里流动着。我喜欢这一切，好像我多年来想要的东西都在这里找到了。

那个下午之后，我在店里就再没见过华明，只有那个女人守着店。然而我发现我开始在校园里寻找华明的身影。我能在纷纷扰扰的人群中迅速而准确地找到他的背影和声音，他出现的时候似乎别的所有的人都是不存在的，我注视着他的背影，他太与众不同了，多么嘈杂喧嚣的人群都不能把他淹没，他都那么醒目凛冽地站在人群里。我又想，这校园里不知道有多少像我一样的女生这样注视过他。看着他渐渐远去，他的气息在空气里渐渐消散，然后一种奇怪的疼痛在我身体里弥漫开来。我知道，我喜欢上这个男人了。同时我又告诉自己，这根本不可能。

可是，我们第一次约会居然是他主动约的我。我惊讶而惶惑，甚至有些不知所措。那时候我怎么能知道后来要发生的一切？怎么可能？我以为那不过是爱情，其实那不是。他第一次邀我去他家做客的时候，我吃了一惊。走进他房间的一瞬间里我有些眩晕，浓烈的油画颜料的味道像金属一样重重地向我砸过来，屋子里到处是画，大大小小的画框从地上到墙上到处都是，堆积如山。有一张巨大的油画用的是浓墨重彩的色块，隐匿的人形，街道和楼房，诡秘而阴森的尖顶建筑，像淹没在伦敦的大雾里。他看到我站在画前就解释说，这是在伦敦大学上学期间画的，那时每天在伦敦的大雾里写生。后来就根据写生的印象画了这幅画，舍不得卖掉，就一直留着。他说话的声音很轻很礼貌甚至算得上是温柔，但底下却是一点坚不可摧的优越。其实那时候我就明白了，我对他的爱是多么卑微，可是，我停不下来。

我和他开始了不规律的约会，每次都是他告诉我什么时间，去哪里。我觉得自己像个被幽禁在后宫里的宫女，无常地等待着他的召唤。可是每次他约我的时候我还是要去。因为我想见到他，哪怕只是见到。他的周身被一种坚不可摧的优越和从容包裹着，这种东西是我一生都来不及拥有的，最后伤你最深的东西一定是你最缺的东西。

我竭力用一种循序渐进的节奏和他保持着联系，避免太近，然而我开始感觉到了他的冷漠。他约我渐少，我们有好长时间没有见过了，他不联系我，我日日夜夜地等着他的电话他的短信，哪怕就一个字。那是一种石沉大海的渺茫和绝望，我像一尾火上的鱼一样被煎烤着。我被煎烤着的不仅是爱情，还有尊严。

直到那天晚上我从店里出来一个人往回走的时候，不知不觉绕到了他的楼下。我向里面看了看，华明的屋里灯是亮的。前几次路过的时候都是暗的，说明今晚他在家。我突然有些喜悦，走上去敲门，门不开，我心里一紧，就更固执地敲。我是多么不够聪明。我一直想用一点什么去拯救自己的尊严。就那么一点。门终于还是开了，华明穿着白色的丝绸睡衣开了门，站在门口看着我。我也看着他，这时屋里传来了脚步声，一个长头发的女孩子也穿着一件白色睡衣走了出来。她穿好衣服和我笑笑就走了。

我也应该走的，我应该看都不看他一眼就离开，可是，我还是没有走。我竟愚蠢地说，你怎么能和别人在一起？他说，我为什么不能和别人在一起？我说，可是我是真的喜欢你的。他笑，我们是什么关系？你们这些农村出来的女孩子都是这样，想着靠一个男人改变你们的后半生，有的投怀送抱，有的故作矜持，目的还不是都一样？你身上是有些灵气，但你想以这点东西就套牢一个男人是不可能的。不是我说，你们农村的孩子还搞什么艺术？你们的成长环境就决定了你们根本不可能真正做这个。你们从小就是穷怕了的，你们一定会急功近利。就像你给我讲的你们家族里的那些故事，不过都是些雕虫小技，根本，就不叫艺术。你知道吗，你拔高了你自己。其实你和想象中的自己根本是不一样的。

真相终于浮出来了。这才是华明。他以为只有他英国皇家学院的教育是懂得艺术的，他以为民间所有那些卑微的贫苦的生命和天赋都是蝼蚁，都是尘埃，根本就不配向往艺术。我吃各种苦去虔诚供养的一点东西在他眼里却是这样。我不问家里要一分钱，熄灯后我在走廊里画画到半夜，大学三年里我没有谈过一次恋爱。而这一切的一切都是卑微的。我几乎要冷笑，但我的眼睛里一滴泪都没有。是时候了，这个夜晚我一定要和他做个了断，用最适合的方式。我第一次留在了他家里，过夜，我和他第一次做爱。是我和男人第一次做爱。半夜，我悄悄穿上了衣服，向黑暗中走去。

路上我坚硬到了没有一滴泪。此后我很久都流不出泪来。他以为我不过就是和他做一次爱吗？我再不会到这里来了，就算我只是他生命中无数个女人中的一个。而他无论怎样再不会见到我了。两天后，我办了退学手续，在一个黄昏，离开了我的大学。我没有和任何人道别，没有人知道我去了哪里。

我彻底的坍塌不是因为我离开了一所没读完的大

学，而是在那一瞬间，我已经无法再去画画了。我多年来顽强支撑的东西从我身体最深处坍塌下去了。我流浪了半年，换了好几份工作，都和美术无关，居无定所，甚至有时候身无分文。直到有一天我无意中走到了吉祥街，我坐在路边静静地看着那些坐在玻璃门后的女人的时候，我突然之间变得通透明澈，我觉得这里才是我应该来的地方。我没有一丝一毫的犹豫，就留在了这里。我想用这种方式来惩罚自己，这是我该得的。我活了下来。

我不是为了钱，我不是没有穷过，所有的贫穷我都能忍下来。我就是再穷，也不是为了钱。穷算什么？其实，能让我坚持活下来的正是我的耻辱。我已经知道我和其他女人的生活一定会不同了，我将永远不会有丈夫和孩子，也不会再有她们所享有的任何乐趣和幸福。真的，我这么做，你不要以为我就是破罐子破摔。不是的，我终于获得了一种巨大的自由，一种别的正常女人绝不会理解的自由。我不再需要背负任何世俗中的恶名和诋毁，什么侮辱都动摇不了我，都侵蚀不了我，都近不了我的身。所有的规则和伦理还能把我怎样？

我几乎不再是人。

她坚硬而骄傲地坐在她面前，周身沐浴在银质的月光里，没有一丝一毫的畏惧和羞耻，就像那个夜晚，她也是这样骄傲这样果断地对付那个叫华明的男人。就是和他做一次爱，然后就彻底消失，这辈子他休想再见到她，他只配遥远地想起她，像谜一样终生去捉摸她，去回想她留给他仅有的一点回忆。只是，他再不可能见到她。无论她是生，还是死。

这还不够，这不足以让她平息疼痛和耻辱，她还要更彻底，那就是，自愿地，快乐地，九死一生地活着。为了供养她那一点点血液深处的尊严，她要永远把自己变成另一个人，她要把更充沛更多的耻辱当作养料，维持着她残留的那点生命。她对整个世界说，我不再是原来的我了。

所有的悲剧在舞台上都很好很好，可是在普通的生活中，它为什么却荒唐得让人落泪。

因为它根本不像真的。

突然之间，她明白了，每个女人，都有可能在刹那间变成另一个女人。这一念之间的事其实就深藏在每一个女人的身体深处。只是对于多数女人来说，它根本没有机会复活。因为它代表着邪恶。没有女人会想，那代表着一种自由。

向琳坐在月光里默默地流着泪，脸上像挂着一条银色的溪流。郑小茉在今晚看到她第一眼起，其实就知道她是来干什么的。现在，她都知道了。

突然，她挺直腰抓住了郑小茉的手，我们出去玩一趟吧，我都想好了，我们去青海，去看塔尔寺和青海湖，走吧。青海湖边有油菜花，我们去看油菜花，去吃手抓羊肉，听说那边的羊肉都是清水煮的，连盐都不放。膻气足了才是真正地吃羊肉。再往东一点是甘南草原，我们也去那儿，我们还可以走得更远些，去看嘉峪关和沙漠。走，和我走。

她连商量都不和她商量，直接告诉她，和我走吧。

最让她吃惊的不是郑小茉答应了她去青海，而是她最后提出，再叫上李湛云，他们三个人一起去。为什么？因为她还爱着那个男人？还是她想成全这个女人和那个男人，她想再次撮合，修成好事一桩？不管怎样，她答应了。就仿佛是他们三个人之间，该有一个了结了。

两个月来第一次在电话里听到了李湛云的声音，竟觉得恍如隔世，甚至怀疑自己和这个男人真的有过什么关系吗？李湛云在电话里犹豫了几秒钟还是答应了。她不意外，她本能地觉得他会答应。他一定是为了见见郑小茉，他对那个女人的惦念终究要多于对自己的。只是他一个人根本不敢去见她。他怕痛。他其实更爱自己。

五

三个人到了西宁已经是晚上，就近找了一家宾馆，登记了房间，他们在餐厅坐下，竟是有说有笑的，打算先吃些晚饭就休息，明天再好好吃羊肉。晚上，两个女人住一个房间，李湛云在隔壁一个房间。两个女人洗了澡就躺在了各自的床上，开了一盏昏暗的壁灯，灯光是橘黄色的，落下两小团把两个人裹进去，就像两团琥珀。两个人就那样躺着，久久地没有动，也没有说话，觉得要说的话太多，只是实在找不到那第一句该说的话。找不到源头。不知道夜已经有多深了，卫生间里的水龙头有些松了，滴滴答答地滴着水，像更漏的声音，一滴，两滴，两个人数着这声音就像踩着更漏走过去了。不知道多久了，其中的一个说了一句，睡吧。另一个也说，是啊，睡吧。后来便沉沉睡去了。

第二天，三个人一起去了青海湖，晚上再回宾馆休息，打算明天去塔尔寺。这个晚上，三个人出去四处找羊肉吃，最后果然找到了，看着像小山一样堆在面前的羊肉三个人都兴奋得大叫起来，又要了黄酒，也不要筷子了，双手抓住就吃，都是没心没肺的样子。边吃边大声笑着，到了最后连脸都觉得笑累了却还是停不下来，就像上足了发条一样。就好像真的有很多好笑的事情等着他们去笑，连明天都等不了，就今夜了。

吃完羊肉喝完黄酒，三个人也不坐车了，就趁着晚风走着回去，因为喝酒喝到了微醺的感觉，周身是轻的，一不小心就摔倒了就弹出去了，像失重了一般，得靠其他两个人拉着扶着。渐渐地，三个人竟扭到了一起，也不知道究竟是谁扶着谁，究竟是谁抱着谁。也不知道是谁的胳膊谁的腿。再到后来竟忘记了是要去哪里了，只是漫无目的地走，走到哪里算哪里，停不下来也不想停下来。他们看起来就像三个没心没肺的死党。不知道走了多久，还是走到宾馆门口了，快到门口时，李湛云忽然摔倒了，两个女人哈哈大笑着坐在路边看着摔倒在地上的男人。她们笑得抱成了一团，互相捂着胸口，几乎喘不过气来。直到实在笑累了，再没有力气了，两个人才搀扶着起来了，走到那男人的身边，男人还是刚才的姿势伏在地上，静静的，一动不动，像是睡着了。女人们拉着他的胳膊，拖着他，说，快起来，别装死。她们终于把他从地上拖了起来，却就着前面的灯光看到，这个男人正一脸的泪水。他没有发出一点声音地静静地汹涌地流着泪。

一回了房间郑小茉就倒在了床上。向琳说，你怎么了，感冒了？郑小茉说，不太舒服，我先睡一会儿啊。说完她就闭上眼睛，把自己缩成了一团，像是很快就睡着了。因为喝了些酒，向琳也觉得头晕，便也没有再问她，只管自己去睡了。

半夜，向琳被郑小茉的声音惊醒了，她打开灯才发现，郑小茉已经滚到了地上，她紧紧捂着腹部，脸色已经变成了灰色，周身在不停地出冷汗。身上的衣服已经湿透了。向琳慌忙冲出去死命敲隔壁的门，几乎要把那扇门卸下来，隔壁住的是李湛云。李湛云跑过来了，他看到郑小茉死命地捂着肚子，脸色就变了，连忙把她放平，帮她压着那个部位，一边紧张地问，是这里吗？这里，我摁你这里你能感觉到疼吗？郑小茉的嘴里已经发不出任何成形的声音了，她发出的断断续续的声音就像空中飘着的撕碎的布帛。向琳那只抓着郑小茉的手已经快被她抓碎了。她战战兢兢地把自己的手放在她的腹部，她手摸到的地方一片冰凉坚硬，让她感到了巨大的恐惧。她看着李湛云的脸，他不看她，脸上是同样的恐惧。

他们半夜赶到医院的时候，夜班医生正在那里打盹，李湛云几乎把这个医生从椅子上提了起来，他冲着他大吼，快，手术，快进手术室。值班医生没有完全睡醒，看着他，什么？你是谁？李湛云已经向手术室跑去，我是个医生，听到没，我是个医生。

李湛云在手术室里亲自拿起了手术刀，他在她冰凉坚硬的小腹上果断地划了一刀，立刻就有积在腹腔里的血涌了出来，像泛滥的水灾。那血一直在往出涌，往出涌，就像下面长着一只泉眼。

从手术室里出来的李湛云告诉向琳，是急性腹膜炎，应该是人流没做好留下的后遗症。她的骨盆已经开始腐烂了，加上运动，腹腔内突然大出血。刚刚把血放掉。她突然听见了自己尖厉到恐怖的声音，她，会死吗？李湛云却没有再说话，过了好一会儿才忽然回过头，在走廊幽暗的光线里对她一笑。那一点笑容她直到很久很久以后还是无法忘记，宛如昨天。

郑小茉昏睡了两天一夜，李湛云和向琳在床前轮流守着。到第二天晚上十点左右，郑小茉忽然醒过来了。她说了一个字，水。向琳赶紧叫醒了在旁边睡着了的李湛云。李湛云用水擦了擦她干裂的嘴唇和舌头。她还是说那一个字，水。断断续续的，幽幽的，不像声音，像从身体最深处的什么部位发出来的断裂声。向琳拉住她的手说，死丫头，你吓死我了，快点好，我们还没去塔尔寺你就倒下了。你这傻丫头，你病了就不觉得疼吗？你怎么就不去看病？你就真的那么不怕疼吗？

她的泪水汹涌而下。

郑小茉听到了她的声音，忽然微笑了一下，却不看她，她不看任何人，她看着一个遥远的神秘的地方，眼神慢慢变得很空很静 。像两汪高处的湖泊。向琳觉得有些害怕，她问他，她在看什么？要不要叫医生。李湛云一直看着郑小茉，他说了一句，我就是医生。郑小茉一句话都没有说，就只是看着那个奇怪的神秘的地方。最后李湛云也睡在了床上，他把她小心地抱在怀里，把脸紧紧靠着她的脸，他也向着她看的那个地方看去。他的手紧紧拉着郑小茉的一只手。她的手蜷曲在他的手里，看上去很小很小。

向琳静静地看了他们一会儿，悄悄离开了病房。她颓然坐在病房门口的长椅上开始抽烟，一个护士过来让她把烟掐灭了。她就灭了烟，最后她躺在了椅子上，就在那儿和衣睡着了。

第二天早晨，向琳醒过来的第一件事就是冲进了病房，她突然想起，昨晚病房里没有发出一点声音，太安静了。进去一看，两个人还是昨晚那个姿势睡在床上，似乎整整一个晚上都没有动过。他们两个人像是睡着了，都还没有醒过来，不知道天其实已经亮了，晨光已经流了一地一床。她静静地走了过去，郑小茉闭着眼睛，一动不动。她的泪突然就又下来了，她把自己的手放在郑小茉那只手上，那只手正被李湛云握在手里。是凉的。

郑小茉已经死了，是今天凌晨悄悄死去的。

医生和护士进来的时候，李湛云的两只胳膊还是保持着那个姿势紧紧抱着郑小茉，他们把她的尸体拿开的时候，他的两只胳膊已经僵硬，却还是保持着那个姿势，那只手仍然伸开着，仿佛有另一只手正在里面安静地睡觉。医护人员抬走尸体后，他才像终于醒来了，像一个溺水的人奄奄一息地爬上了岸，他向抬着尸体的人群伸出了两只手臂，做出一个拥抱的姿势。有一点东西在眼睛里已经盛不下了，溢出来，溢得到处都是。他好像要去拥抱点什么，然后就坍塌下来了。

他像玻璃碎了一地，缓缓倒在了地上。

六

从青海回来时向琳带回了一只红色的绣花布鞋，是郑小茉去青海时穿的，把她在那边火化时她留下了她脚上的这只鞋。去的路上她曾夸她这双鞋很漂亮，自己回去了也要买一双。从青海回来后她和李湛云就道了别，然后各自回家。她删了他的电话，此后他们再没有联系过。他们彻底地真正地失去了联系。他们看起来，真正地相忘于江湖了。

又过了很久，有一天她突然明白了郑小茉为什么答应要和她一起去青海，为什么还要叫上李湛云。因为她早就知道，这是她最后一次见他们了。她去青海其实不过是为了和他们道个别，因为在她看来，在这个世界上，他们横竖都做过一回她的知音吧。

哪怕就一天，一个小时。

她一直把那只绣花鞋摆在窗台上，就像摆了一件奇怪的房间饰物。有时候她会盯着那只鞋发好长时间的呆。恰好有风从窗户里吹进来的时候，窗帘像海面上飘着的帆一样被装得满满的，似乎里面站着很多人，只是看不清他们的脸。那只绣花鞋也被风吹动着，自己向前移了两步。

就像有一个隐形的女人正缓缓向她走来。

鱼　吻

从没有见过一个男人的吻会这样，像鱼。

引诱只是借口

韩光喜欢上他的吻，因为很奇异。冰凉而安静。像河底的卵石。

最深的夜里，他的嘴唇鲜艳而冰凉地衔起她皮肤上柔软潮湿的汗毛。像鱼的唇落在飘摇的水草上，没有重量的、温暖而颓废的吻。她也成了类似于鱼的一尾动物。她想，这是多么温暖啊。尽管他的唇和他的吻都是冰凉的，像秋天早晨的石阶。

最新鲜的阳光从窗帘的缝隙间漏进房间的时候，她突然抬起脸，看着他的脸，问了一句，你是怎么学会的，这样的吻？每次和他在一起她都忍不住想问他，你是怎么学会的？她奇怪一个男人怎么会有像鱼一样的吻，冰凉的，柔软的，却温暖得让人想落泪。他睁开眼睛看着她，笑了笑，只说了三个字，不知道。他的笑容像一道无底的深渊，因为他的脸漂亮得近于惊心动魄，这种漂亮出现在一个男人身上竟有了些邪气，无可挑剔的五官又以无可挑剔的顺序排列在一张面孔上。在此之前，她从没有见过比他更漂亮的男人。对她所有的问题，他回答最多的就是三个字，不知道。他用罂粟一样的笑容看着她，然后像哄一个少不更事的小女孩一样告诉她，不知道。他用这三个字把她堵在了一扇黑而深的门外，门里是他深不见底的往事。偶尔他的只言片语里，他一个瞬间的目光和表情里会露出一丝往事的气息，从那门里渗出来。她抚摸着这些气息，带着些微微的疼痛。从她感到这从手边滑下去的疼痛的那一瞬间，她就开始恐惧了。她怎么可以对一个没有往事和过去的男人有了疼痛的感觉？这疼痛，哪怕是一丝一毫的，都会让她丢掉苛刻、警惕甚至刻薄，最后她会丢掉刀刃，变得柔软，臃肿，像块吸饱了水分的海绵。

在网上聊了一个月的时候，她问他，你叫什么名字？他说，你以后就知道了。他们第一次见面的时候，她又问他，你叫什么名字？他笑，还早，你以后就知道了。他们第一次拥抱的时候，她又问他，你叫什么名字？他说，江峰。她自语，有姓江的人吗？他笑，江涛不是吗？她便做恍然大悟状。但是从始到终，她从没有叫过他这两个字。似乎这两个字与他是根本没有关系的。本能告诉她，这两个字不是他的。他们第一次见面是在一个下着雪的黄昏。他给她的第一眼的感觉是有些炫目的，一个男人怎么会漂亮到这种地步。既而就是扑面而来的浓烈的危险，自然界里一切鲜艳的生物都是有毒的，越鲜艳，毒性越浓。男人向她走了过来，看了她一眼，所做的第一个动作是伸手把落在她头发上的雪花掸了下去。她注意到那只手，修长，白净，散发着发酵的温柔。后来她明白了，一切都是从他这个动作开始的。因为她身体深处的匮乏。其实她一直是个想给自己寻找父亲的饥饿的孩子，想向他贪婪地无休止地索取疼爱。她已过而立，不能再允许自己毫无节制地去寻找去索取，但是，一旦有了一点点气味，她所有的嗅觉却仍是在那一瞬间全部苏醒了。

不要妄想描绘他的万分之一

他像过敏一样回避着往事或者说过去，对他的，也对她的。他从不问她过去的任何一个角落，也不许她去触摸他的任何一个角落。他说，过去的已经过去，最好的方式就是不问过去。她暗暗喜欢着这种清白的接触，没有前史的，没有混杂气味的，没有留下无数个男人和女人身上的气息的，没有伤口，没有往事。一切像是刚下过雪之后的大地，似乎一切都来得及随意安排和践踏，让人恍惚觉得人生真长啊。这么多分枝分杈的开始，没有灵魂没有心脏的开始。他们像两只洁净的瓷器，清脆而干净地碰撞，刻意去回避装在容器里的陈年的气息。他们都避开汹涌的往事。她想，时间真是个好东西。她已经开始变老了，只有比她更老的心才能与她匹配。他竟然是适合她的。

她面对着他的时候就像面对着一个谜，她不想费尽心机去猜这个谜，她没有那么多力气。可是他却从自己的一鳞半爪的语言里，像波光一样转瞬即逝的表情里无意地给她下了一只饵。只有一次，她说起了自己最近情绪的反复无常。他手里在做别的事情，嘴里却清晰地说了一句，你这是酸性情绪。她半开玩笑半戏谑地说，你倒好像是学医的啊。他却随口接了句，我本来就是学医的。自然得不能再自然。她全身的神经一下就聚集在了脑部，她可以听到自己耳边巨大的嗡嗡声。然后她强迫自己，用安静的近于异样的声音问了一句，你是医学院毕业的吗？他似乎是对手中的事情有些太投入了，竟随口说，首都医科大毕业的。没有任何多余的意思，也许他觉得说出一所大学的名字对自己是没有什么影响的。她的心开始狂跳，她小心翼翼地，带着些试探的口气，又问了一句，你是哪届的？他居然又随口说了两个字，九四。她不再问了，再问就是她自己在制造异样了。他也突然彻底没有了声息，似乎是在后悔刚才不小心说了那么多。

在网上聊的时候，她曾问他是做什么的。他说自己是个医药企业的高管。她说，那你年薪应该很高吧。他发了一个微笑的表情，说，马马虎虎吧。他又问她是做什么的，她说自己是个小公务员。他就不再说话了。他们又开始聊别的话题。后来他们开始通电话。她喜欢通话时她可以像个无赖一样因为一句话不高兴就肆无忌惮地挂断电话，然后窃笑着等他把电话打过来，果然，一两秒钟之后，他打过来了，她摁掉不接，他就再打。她近于贪婪地迷恋着这种游戏，虽然她也在身体深处告诉自己，收手吧。可是她做不到。她接起电话，他只问，心情好点没？绝不会问，你为什么挂我电话啊？她说，你脾气怎么这么好？他笑，女人就是用来宠的，我怎么能和你生气。越是这样他越是让她觉得害怕。因为这个男人太懂女人了。她知道，这样的男人是最危险的。她什么都知道，早知道。可是他们还是一直通话，直到见面。好像什么都已经预备好了，她所做的，不过是象征性地走了一遍程序。她问自己，这是为什么？爱情？她不允许自己用这两个字，用了连自己都觉得虚伪。那是什么？那就只剩了一种，索取，无休止地索取一个男人不知真假的疼爱。她有些想为自己流泪。她一直这样，像个饥饿的孩子。现在，她把他当成了自己的父亲。

不爱始于爱

他们在一起的时候，吃饭，拥抱，接吻。他们在一起的时候，大部分情况下付钱的是他。她不是付不起这点钱，她只是想看看他付钱之后的表情。一个男人付钱之后的表情。平静。他无论做了什么都是这种平静。

一段时间之后她发现他有了大片大片的空闲时间。依他的工作性质不应该是这样闲的，还有他身上的衣服，他穿的是价格不菲的名牌，但很少换衣服，换来换去只有两件可以换洗的衣服。甚至有一次，她看到他裤子的口袋那个地方的针线开了，她没有提醒他，第二天她发现，那条裤子还是那样，开着线。他竟毫无觉察？吃饭的时候他开始尽量不去太贵的地方，她终于看出了他的窘迫。

她果断地告诉自己，这是个开始落魄的男人。他怎么了？从以往聊天时他对生活的各种理解，对服装对食品对书籍的掌握和理解程度来看，他最起码过过优越的生活。那他现在是怎么了？有一次，他们走在街上的时候，他随手买了一份报纸。她注意到他看的是招聘专栏，于是装作开玩笑地问了一句，你想找工作啊。他竟头也不抬地说，是的。她的心一沉，又问了一句，你怎么，失业了？他说，是。她不再说话，他也不再说话。报纸迅速翻了一遍他便扔进了垃圾桶。两个人安静地走了一段路，他突然问了一句，我失业了，你还打算和我继续交往吗？她一愣，然后笑着问他，你觉得呢？他不说话，过马路的时候，他习惯性地伸出一只手，她习惯性地把一只手放在他手里。他牵着她过马路。在那一瞬间，她的泪差点出来了。他已经给了她这么多的惯性。原来仅仅是惯性就可以让两个人血肉相连？她该怎么办？及早收手保全自己？可是她不忍，真的不忍。她既然无法让自己锋利起来，那么她必须知道这个谜后面的男人。这样她才不会让自己彻底迷路。

所以那天，当他说自己是从首都医科大毕业的时候，她是惶恐而狂喜的。狂喜的是，他终于有了一丝裂缝，他不再是那么顽固的一个圆，无法打开无法触摸的一个圆。惶恐的是，她要看到他的真相了，这让她觉得害怕与不知所措。就像很多深渊，一辈子不去看到更好。可是，她说服不了自己。他对她的诱惑是双重的，温暖与好奇，都是那么致命。

他应该不会知道的，因为他从来不问她任何问题，她也是首都医科大毕业的。只不过如果他说的九四级是真的话，她比他低五届。也就是说他毕业的时候她刚进校。不管是真是假，她一定要抓住这根稻草。她转两路公交车回了趟首都医科大。学校里有三个留校的同学，其中一个还是她大学时很要好的朋友彭鹃。找到了彭鹃，两个人像上学时候一样嘻嘻哈哈地捧着一杯奶茶满校园乱转。转了两圈，彭鹃说，说吧，来找我干什么，你这没良心的没事才不会找我呢。韩光说，那你可一定要帮我。告诉你，我最近认识了一个男人，是咱们的校友，是九四届的，你在学生处工作，能不能帮我查一下这个人的资料。彭鹃说，你怎么对人家这么感兴趣啊，九四届的，电脑上哪有他们的资料。韩光急了，无论如何你一定帮我打听一下，你们留校的老师一定有九四届的，你真的帮我打听一下。我和你说，这个男人很特别，怎么说呢，他长得非常漂亮，很多女生一定记得他。彭鹃说，不是吧，你什么时候变得这么好色。敢招惹帅男人，你不知道帅男人最擅长的是吃软饭啊，你能养得起？韩光说，我知道，不是的，我只是对这个人非常好奇，我不是爱他，真的，这个对我很重要，你一定要帮我。首医这么小的校园，要查个人我就不信查不到。

彭鹃看了她一眼，沉默。

真相是没有真相

几天以后彭鹃给她打电话，我问了两个九四届的，想不起有个叫江峰的帅哥，他告诉你的是真名吗？

假名字？韩光在电话这头虚弱地冷笑，假名字是一个危险的信号。他真的是把什么都藏起来了，包括名字。那么她就越发地要知道他究竟藏了多少东西。藏得有多深。她竭力让自己的声音平静下来，她说，不要打听名字，就打听，长得很漂亮很瘦的一个男人，脸是窄长形的，皮肤很白，眼睛很大，睫毛很长，河北口音。

就这么多？

就这么多。

你到底想要什么？

我不想要什么，你不要管我那么多，但你一定要帮我。

她最后的几句话抖得厉害，彭鹃听出来了，沉默，咣地挂断了电话。她看着镜子里的自己，她不算漂亮，怎么就突然和一个漂亮男人有了纠葛？其实她一直对帅男人反感。帅男人都是吃软饭的，你养得起他吗？可是，如果是一个吃软饭的男人又为什么找她这样一个没钱的小公务员？她有什么？她连给他有所企图的资本都没有。那么，他找她就是无所企图。无所企图的另一种解释就是喜欢。因为喜欢是没有理由的。他喜欢她吗？她这才发现，无论自认为他多么会宠自己，可是，别说爱，就连喜欢这样的字，她都虚弱得不敢用。他们之间整个是没有底气的，因为他们之间是一层空空薄薄的壳，一敲就碎。

几天后彭鹃又打来电话，一开口就在电话里嚷嚷，找到了找到了，我费了九牛二虎之力，在一个老师那里找到了一张九四届他们班的毕业合影，他们班有个当年全校有名的大帅哥，叫江子浩。和你描述的人很像，要不你过来看看照片确认一下再帮你打听。

韩光当天下午就过去找彭鹃，在那张人头密密麻麻的毕业照里她一眼就认出了他。她指着他说，就是他。彭鹃说，果然很漂亮，这就是我说的九四届大帅哥江子浩。原来他叫江子浩。她突然想起他们刚认识的时候，她问他，有姓江的吗？他脱口而出，江涛不是吗？不假思索地带着天真的回答，因为那是真的。

江子浩像一堆零碎的积木拼图一点一点在她面前清晰起来。彭鹃的电话几乎每天打来，略带兴奋地把这一天搜集到的关于江子浩的故事告诉她。而彭鹃自己似乎也开始对这个过程产生了兴趣，准确地说，是江子浩让她有了兴趣。因为，关于这个男人的故事在那届女生的嘴里竟像传说一样遍地都是。

江子浩大致履历：

河北贫困山区里考进首都医科大的学生。

是他们那个村出的第一个大学生。上中学就开始打工，十几岁就在铁厂里干活挣钱缴学费，在饭店做传菜员，在工地上做过小工，做过泥瓦匠。

家境极其贫寒，家里只有他一个男孩，还有两个姐姐和一个妹妹。父母为农民。大一进校报到时只从家拿了四百块钱，这是全家的全部积蓄，一次性地拿给了他读大学。因缴不起学费，通过绿色通道进的大学，享受特困生补助。大一时，穿的衣服都是别人捐助的，在食堂吃剩饭。因为长得太帅，引起很多女生同情和帮助，一概拒绝。没钱吃饭时，每天以凉水冲饥。曾在宿舍里感冒得昏睡三天三夜，没有和任何人说，也没有吃任何药，直到自己痊愈。

大一第一学期开始卖讲义本，在校园里摆地摊卖，到宿舍楼敲开宿舍门卖。在饭店做服务员，刷碗，干过所有低级的体力劳动。

大一升大二的假期，一个人做起包工头，承揽了学校二食堂的装修。一个人完成了全部粉刷。整个假期有三分之一的时间是靠吃西瓜撑下来的，因为这是他帮卖西瓜的老人看瓜的报酬。后来得了急性肠胃炎住院。

大二开始代理华泰药业在北京的站点，大二第二学期同时代理莫沙通药业在北京的站点。

大三开始代理医疗器械，和各大医院打交道。

大四的时候成了全校最有钱的学生。所有的衣服都是名牌，一天下来赚到的钱来不及存到银行的时候就压在枕头下面，一摞一摞地压着。班级开元旦联欢晚会，他一个人资助班级五千元。

大五的时候有了第一个女朋友，为军区某高干子女。后因各种原因分手。他的生意在这一年里开始遭遇大波折。曾应聘成功莫沙通药业香港大区总经理，后自动放弃。毕业后被分到了计生委。有了第二任女友。为某省财政厅厅长的女儿。

毕业三年内，边上班边在山西投资了两座矿，分别是铁矿和铝矿。把积蓄全部投了进去，不久，两座矿相继被查封。一百五十万元血本无归。另加罚款与工人工资等各项支出，又借债三十万，累计赔到两百万元。女友弃他而去，找了别人。

矿被封之后消失一年，不知去向，后又在京出现，潜心考研，同年考进了协和医科大肿瘤专业研究生。

三年以后，研究生毕业，不听导师劝告，放弃了进协和医院的机会，到深圳、珠海、广州闯荡。

后又回京应聘到某企业做了管理层。不进医院的理由是分配财富不如创造财富。

五年过去了。

没有了下文。

谁也不知道他现在怎么样，不知道他还在不在这座城市。

九四届所有见过他的女生回忆起他的时候，只说，他长得太漂亮了。

这就是彭鹃提供的全部资料，她一点一点地把它们粘贴在了一起。粘成了一副他的框架，这框架摸上去满是伤痕，那么里面那么多具体的细微的一点一滴填充起来的内容呢？摸上去又是什么样的？他究竟受了多少苦？

她早知道的，知道了真相，就是让自己掉进去。

欲望和美德是一面镜子的两面

两任女友都是高干子女？她冷笑，果然是吃软饭的男人。可是一个吃软饭的男人又为什么找到自己？她不是高干子女，没钱，只是卫生厅的一个小公务员。他对她究竟有什么企图？图财，没有。图色，他的那张脸只配让别人图他，而她的脸却是平庸的。还是，真的无所图？或者他两次找高干子女被伤？他有了伤口，对生活妥协了，所以回过头找她这种最普通的女人？那她算什么？他退得不能再退的最后一站？

晚上，他们在一起，他把她揽在怀中，吻她。她知道她对他的这种吻是没有还手之力的，所以她必须要快，要先把他拦住，要先把他的所有温情拦腰截断，必须先让自己锋利起来。只有锋利的人才能不流血。她轻轻地却是坚硬地推开了他。她看着他，他也看着她，无比清晰而遥远的注视。她问了一句，打算娶我吗？

我很穷。

我知道。

我是平民阶层长大的。

我知道。

你对我有什么要求吗？

没有。

一点都没有？

没有。

她希望他流露出一点哪怕一点点的企图，她希望他含糊着结巴着遮掩着，对她的问题半推半就的，那么她就可以心安理得地一把把他推开，可以给自己理由和这个男人不再有任何牵连。可是，他用不假思索的流畅和天衣无缝的纵容把她打败了。她再没有还手之力。她的手落在他的手上，她的手指触着他手上的皮肤，就是这样细腻白净的像女人一样的皮肤却受过那么多苦？原来，她已经说服自己了，说服给自己心疼这个男人的机会。她用苛刻用刁蛮用不讲理来给自己一个机会，一个可以心疼他的机会。当她知道他过去的一瞬间，不，是在更早的时候，看到他裤子开线的时候起，她就渴望着这样的机会。于是，她必须保护自己，必须打捞自己。

她试图以他一丝一毫的破绽让自己离开得心安理得。她甚至想对他说，为什么对我就没有什么企图呢？为什么就没有呢？她摸到了他手上的老茧，过去的痕迹。她想到一个十几岁的男孩在铁厂里翻砂，胳膊还是细细的像芦苇。一个漂亮的小男孩在饭店里传菜，刷碗。在工地上抬砖头。在铁厂里，一只铁炉要出水时出了些问题，所有的人都躲到炉后，以为那是安全的，只有他一个人跑到了炉前，结果铁炉爆炸，向后裂开，躲在炉后的人无一幸免，只有他一个人活了下来。这是有一次睡觉前，她让他给她讲个故事，他就讲了一个别人的故事。现在她知道，那个小男孩就是他自己。

九死一生的男人。

她突然哭得不可抑制，哭得满脸是泪。他不劝她，只是安静地抱着她。哭了很久很久之后。她委屈，她想问，你为什么找了一个又一个高干子女？为什么这么多年过去了才找我？她忍住了。她是过了三十岁之后才一点一点地清晰了自己想要的究竟是什么，在此之前，她不是混乱了很多年吗？在混乱中与一个又一个的男人擦肩而过，有钱的，没钱的，俗气的，装腔作势的，没特点的，有怪癖的。却没有一个适合她。现在她终于明白了，她说服自己，不顾危险地去留恋这个男人的唯一理由就是，他对她有一点真。就那么一点点。

无所企图就是一点真。

人类比动物更可怕的地方在于爱

他仍是失业。她看到了他经济上的窘迫，清晰无比。

她知道这样也许不对，她还是决定这么做，给他钱。尽管他根本没有提出来过。她也知道这样做的后果是什么，她会更深地陷进去，除了精神，还有经济上的陷进去。更彻底更致命地陷。她像一个准备陷进沼泽却还在留恋着新鲜空气的人那样左顾右盼。以他的阅历为什么失业之后就一直找不到工作呢？这不正常。他是在等她的钱吗？也许是，也许不是。之前她已经拿钱考验过他一次，因为她知道最能考验一个人的莫过于钱。那天她说她要买一件电器，缺钱，她问他借钱。理直气壮地问他借。他连犹豫都没犹豫就把身上所有的钱都给了她，不多，三千。她说，够了。测试一个人，要那么多有什么意义。当时她并没有打算还他，后来她才知道，不还是因为会还更多。

三千块钱说穿了还是他的，可是她知道如果有了这三千就远不是三千了。三千只是一个开头。她必须这么做是因一种疼痛让她寝食不安，如坐针毡。仿佛这一切是发生在她的身上。在她决定把钱给他的那一瞬间，她突然问自己，这是爱情吗？这是爱情。这是爱情？抑或这是疑似爱情？她想，他愿意去疼她宠她，是不是只是一种投资。以换取一些能供他度过漫长失业冬季的资源，比如，女人的感情还有钱？他什么都想要？感情，还有钱？还是他根本什么都不想要？她要再给自己一次机会，她要把钱给一个落魄中的男人，然后看着他。她是多么可耻。她想。爱是多么可耻。让一个人清醒着堕落。

她把三千块钱放在他面前的时候，他吃了一惊，然后吃惊地看着她，目光里竟是无辜。她不动声色地看着他，说出已经想好的字句，我这是还你的钱。你忘了？我借过你的三千块钱。你最近不是还在找工作吗？我想应该把钱还你。她一再强调，这是他的钱。他不再看她，把脸转向一边，把钱收起来。我有。她还想说什么，还想劝他把钱拿起来。她期望他这样又怕他这样，她等着，等着他像沙石的雕塑一般被这三千块钱冲开。如果是那样，她又怎样呢？她就给自己足够的理由，对自己说，看到了吧，这样的男人，三千块钱就打发了的男人。于是她让自己全身而退，退得心服口服，不留伤口。她是多么自私啊，她为的原来不过就是，不留伤口。

他在她又开口之前彻底把她堵回去了，把钱给我收起来。霸道、凶狠、不留余地。她无力地把钱装进包里，不知所措。真的不知所措。她不看他，转向窗外看夕阳。夕阳如血。他在她身后说，我想让你花我的钱，因为你是我的女人。她不回头，泪流满面。不管这话是真的还是假的。人有时候要的不是真假，而只是语言。

这个秋天将染上罪名

江子浩始终让她觉得危险和生疑的是他的吻。她固执地认为没有人是天生就会接吻的，没有人是无师自通地把吻练到了这样一个境地。她贪婪地享受的同时却想抓住他死命问他，告诉我，你怎么学会这样的吻？但她不会这么做的。她给彭鹃打电话，你不是联系到很多九四届的女生吗？能把她们的电话告诉我吗？

你又怎么了？

没事，我需要。

女人。

别说了，知道。

他在开矿被封和读研之间有过一年空白的岁月，他研究生毕业后五年，没有人更详细地知道他究竟在做什么，没有人知道他是从什么时候开始失业的？又是几年空白的岁月。空白就是没有过吗？不，只是更隐讳更神秘的被悬挂起来的时间。她觉得自己像一只嗜血的虫子，拼了命地往那个最深最阴暗的角落里钻。因为那里有血腥的气味？她不寒而栗。嗜血？嗜情人的血？

彭鹃给了她一串电话。她不知道该怎么开口，怎么向这些曾经在一个校园里待过的女人打听同一个男人，她找什么理由打听他？终于她还是在一个深夜拨通了其中一个的电话。江子浩？认识，长得很帅，长跑很好，特别会赚钱……她的反应让韩光觉得惊奇，这么多年，这个女人居然这么清晰地记着一个男人。她却索然无味地挂了电话。这不是她想要的，他也没有这么简单。如果他足够简单，他们早已经可以做人世间最普通的一对情侣了。她每天晚上打那些电话，一个一个打，不知疲倦，或者是不敢疲倦。有冷淡的，有热情的，每天晚上絮絮叨叨一个男人的影子。她突然鄙视这群女人，包括她自己。那个晚上，她拨通那个电话后，电话里的女人突然问她，你是他什么人？

……女朋友。

想知道他的什么？

全部。

全部？

不后悔？

不后悔。

把邮箱给我，电话里我说不清。

她发着抖带着哽咽一般的兴奋告诉了她她的邮箱。第二天她打开邮箱的时候突然问自己，还看吗？看。即使战死沙场，最起码要知道自己是为什么死的。这是底线。邮件很简单，说，她是一个与他有过亲密关系的女人，所以才愿意把这些告诉她。亲密？她看着这个暧昧的词语。他的女人之一？那又为什么几年后把他出卖？是谁欠了谁？邮件里只告诉她，他开矿被封，欠下几十万的外债之后，他曾被人包养一年。他把自己卖了一年，得了很大一笔钱，然后还了债，就去考研究生了。这是他最可怕的地方，他学什么都能在短时间内学会，因为他做每一件事情的时候都太专心了。

她坐在电脑前，看着这封邮件，手里还转着一支笔。她微微笑了，无比平静地一个人笑着。被她猜中了。她固执地相信他一定有一段这样的经历，现在，有人告诉她，确实有。那又怎么样？她突然觉得自己是这样的无聊。她已经叮到骨髓里那一点血腥了，她该满意了吧。她究竟想怎样？她这才知道，原来血肉相连，就是无论过去发生了什么，发生了多少，却没有什么不可以原谅。因为，没有什么不可以发生。他贫穷，他欠债，他的女人跑了，他是死了一次又一次的男人。所以，她没有理由扔下这个九死一生的男人。她把他扔下，还有谁会去收留这个男人？

她挑战完自己开始轻松了，正常了。她飞快地整理已经凌乱了的思路，她知道他现在的落魄是因为他正常了，起码他想过正常人的生活。她想，只要愿意，他迟早会找到工作的。以他前半生的所有经历找任何一份工作都绰绰有余。然而，与此同时，她惊恐地发现，他在变。他再一次经济上从容起来，再一次像传说中一样出手阔绰。窘迫的影子像一道水波一样在他身上愈合得无影无踪了。她越来越害怕，因为他并没有找到什么工作的迹象。她想对他说，可是她怎么开口，又怎么能让他知道她知道他过去的一切？

一段时间之后，彭鹃突然给她打了个电话，她说，我和你说点事情吧。

你说吧。

见面谈吧。

好。

首医校园里的咖啡屋，两个人面对面坐着。彭鹃先开口了，其实我不是想故意打听江子浩，我虽然对他有点好奇但不至于专门去打听他。我是有一天去我老公局里等他的时候，出于无聊翻了一本以前案件的笔录宗卷。你知道看那些案件时很有意思。全是诈骗案。翻了十几页我才发现，这本笔录里好几个被骗的女人描述的其实是一个男人。一篇一篇零碎地看是感觉不到的，但连起来看就感觉到了，就像咱们小时候玩的小人书，飞快地翻就成了电影。看完之后，我想了很长时间，决定把这些给你看，我想你需要看。当然你放心，这件事我只和你一个人说，甚至没告诉我老公。至于看完后那就是你的事情。你看这些复印的资料：

张小雅，三十六岁，北京某外企经理，离异六年。

我和他是通过婚介所认识的，他登记的名字是江河，个子很高很瘦，皮肤很白，长得非常帅，让人看了就不容易忘掉。河北口音。三十五岁，研究生学历，经商，在北京和上海都有产业。想找一位知书达理，素质较高的知识女性为伴。我觉得我比较符合他的要求，我们就互留了电话。一周后见面吃饭。他素质很高，很会体贴人，很温存。他的证件我也看了，没什么问题。

你怎么知道没什么问题?

我看不出什么问题。要是看出来我就不会和他交往了。我喜欢像他这样会照顾女人又有事业的男人。我们的交往很快就深入了。

深入是指什么?

都是成年人，不需要这样问吧。一个月之后，他说要去广州出差，临走前一晚，我们在一起吃了晚饭。第二天他就走了。两天后他突然给我打来电话，口气很急，他说，小雅，我被广州警方扣留了。我问他怎么回事，他说两年前借给一个朋友一百万元，没想到朋友做走私被抓，他也被牵扯进去了。他必须交五万元的保释金。我拿了钱去了广州，在警察局附近见到他，给了他钱。

后来呢？

回来就打不通他的电话了。我才知道，我被骗了。

韩光一页一页往后翻，他给自己换了很多名字，江海，江波，江林，江翰，江辰。他忠诚地说自己姓江。只姓江。

她又看了看笔录的日期，都是近三年内的。五年前，他协和医科大的研究生毕业，放弃协和医院，没有去做医生。

然后，去企业做高管。

然后，专业诈骗。

因为喜欢他的女人太多了。他不伸手就钓到了很多鱼。

彭�小心地看着她，你没事吧？我只是觉得该让你知道……

别说了，我知道。

她硬硬地打断她，付了两杯咖啡钱，说，走。

该来的都来吧，还有什么没有来？快来吧，一次性都来吧。还有什么？韩光数着一路上落在地上的银杏叶，已经是秋天了，银杏叶怎么黄成这样？黄成这样？

她终于知道那吻是怎么来的了。在女人堆里千锤百炼出来的。像鱼一样精致的吻。

情人的头颅将满是鲜血

谜底到来的时候，他们走在路上。读长长的信，路两旁落叶纷飞……

那个晚上，她一个人捧着一只杯子，在黑暗中坐着，很久很久，一动不动。她像看着一组黑白照片一样，一点一点地看着他。看着一个瘦小的小男孩在乡村的路上卖鸡蛋换钱；在铁厂里在高温的铁炉前翻砂；在工地上的烈日下搬砖扛水泥；在饭店里洗堆成山的碟子。一个瘦弱的男生一个人在大学校园的食堂里悄悄吃剩饭；东奔西跑到医院卖药；一个人粉刷大食堂。一个年轻的男人拿出所有的钱去开矿，他在赌博；结果输了，欠债；什么都没有，几天吃不到饭，走投无路。漂泊，在各个城市间漂泊，没有归途，没有温暖。至今没有人收留他。

没钱吃饭时，每天以凉水冲饥。曾在宿舍里感冒得昏睡三天三夜，没有和任何人说，也没有吃任何药，直到自己痊愈。

她在黑暗中静静地流着泪，一直流下去。

所有属于你的过去都是和我没有关系的，因为我要的只是你对我的那点真。我要的是多么少，我是多么的算不上贪婪。

我们都受了太多的苦，无论怎样，无论发生过什么，无论你究竟是什么，我都不可能放弃你。因为在这个城市里，真正让我觉得相依为命的却是你。苦难让我从骨子里接受了你。

永远不会对你说的话。

——韩光

其实最早最早，你是我停手之后找的第一个女人。我厌倦了，所有的事情我在三十岁以前就经历完了。所以我想过正常人的生活，想找一个不太漂亮也不太有钱的女人开始过最正常的人间生活。于是我找到了你。其实我对你并不是完全没有企图的，我是个终生会颠沛流离的男人，所以我需要找个很安静很安稳的女人，不仅仅是安静，还要有安稳的工作，这样我才能借助到她的一点点安宁，生活下去。其实，这就是企图。我和女人打交道太多了，你想什么我是一望而知的，你自以为是的那些聪明都太稚拙了。你这么多年想找的一点就是，没有企图的一个男人。于是，我满足你。认识你后我真的开始找工作，开始去改变我已经习惯了的生活方式。如果不是你突然把三千块钱放在我的面前，我也许真的会去找一份正常的工作，和你正常地生活，结婚。你是让我这么多年来有了结婚打算的女人。所以在你面前我必须是个男人。你在可怜我，你在替我的窘迫解围。更重要的是，你是我见到的第一个不是与我同甘，而是共苦的女人。我远比你敏感，因为很多年里我都是看着别人的眼色长大的。别人对我一丝一毫的细微变化我都知道。所以，我决定，再干一次，为你，就一次，一次之后我就收手。一个男人一无所有的时候怎么能向一个女人去求婚？这一切我不希望你知道。

——江子浩

他找一个女人太容易了，所以当三年前他在的那家企业突然倒闭，他几个月找不到合适工作的时候，他自然而然地选择了女人这条道路。他没有想到自己会在三十多岁的时候失业，他学的是医学，却早已抛弃了医学，他手里没有了实在的东西。他的社会角色变得尴尬而什么都不像。更重要的是，他不再年轻，他没有了当年能吃下一切苦的资本。他已经不能忍受从头开始，不能忍受太低的薪水，不能忍受窘迫的生活。他前半生窘迫得够够的。

找他的女人太多了。太多有钱的女人为了和他在一起，拼命给他钱，于是他知道这是最适合他的挣钱方法。一张脸把他变成了这样。直到面目全非。

他找的这最后一个目标是××餐饮连锁的董事长，一个叫刘文静的女人。四十二岁，未婚，身价过亿，超乎寻常的肥胖，开一辆红色奔驰。他太熟悉这套认识女人的程序了，他几乎不费任何力气就把她钓到手了。他们开始约会，在最豪华的餐厅吃烛光晚餐，然后她要求他抱她，吻她。她不要求做爱，只要求拥抱，接吻。他知道是为什么，她还在试图寻找最后一个属于感情的通道，可以拥抱，可以接吻，却不可以做爱。一瞬间他甚至对她有了一丝恻隐之心，可是他不能心软，否则这么多年他根本就过不下去。他早该死过很多回。早该万劫不复。于是他抱她，抱着这痴肥的女人，吻她，带着恶心吻她。

一个月后。又是一个月。一个月是他开始准备脱手的时间。不多不少的一个月。他厌恶时间太长。随便一个理由他问她借钱，因为他在她面前太自信了，数目开得狠了点。她几乎是不假思索地答应，并且马上兑现。钱到手了，他该消失了。却不知道为什么，他对她仍然有些于心不忍。于是，他再一次拥抱她，程式化的空洞的拥抱。其实她要的只不过是拥抱。这样她可以把这假想成是爱。她说，吻吻我。他吻她。他的吻停留在她松懈的皮肤上，粗大的毛孔上。在那一瞬间他的眼睛是酸的。他已经很多很多年没有眼泪。他临出门，她又塞给他钱，她现在除了钱什么都没有。她想以此换取他来她身边，再来一次，一次，哪怕就一次。厚厚的钱放在他手中，他突然不想要。她却流泪了，你拿走吧，下次我还会给你，给你更多。求求你了，拿走吧。我今晚等你，今晚来，好吗？每天晚上我都是失眠，很多年失眠，我的内分泌已经完全紊乱了，所以我胖成这样。每一个男人都嫌弃我的胖，都是为我的钱。可是你没有，来陪我好吗？再抱抱我，在你身边我能睡得着，真的，不骗你。我求你了。

出来了，走在街上，身上仍是这个胖女人身上的气息和眼泪，挥之不去。他慢慢地往前走，像头晕，像中了暑。就像不知道该去哪里。

黄昏，他走到了韩光楼下的时候，犹豫地站住了。站了几秒钟后，他果断地取出电话，把里面那张手机卡扔到了楼外的垃圾箱里。他每次从一个女人身边消失都是这样，消失得彻彻底底。除了韩光。他在深夜想起那痴肥的女人，想，她今晚等不到他，会失眠吗？

第二天，他，不，是这个城市里所有的人都知道了一条新闻。一条今天凌晨发生的新闻：××餐饮集团老总刘文静于今天凌晨四点从十二层高楼跳下身亡，警方疑是自杀，案情正在进一步调查中。

我求你了，今晚你一定要来，我等你，你一定要来。我会给你更多钱，只要你能在今晚陪我，抱抱我。

这个秋天，情人的头颅将满是鲜血。

警察赶到现场，进了刘文静一个人住的公寓，翻找了她留下的所有线索。桌上有封信，没有收信人。

我是这样地留恋你的拥抱，我从来没有过这样的温暖和安全。我想，我喜欢你胜过喜欢我的生命。为了你我什么都可以不要，可以把一切给你。这么多年我只有钱，没有爱，没有怀抱。我以前找过的男人把我当成一堆钱。他们敷衍着我，不愿吻我。只有你吻了我，你让我觉得我真的还是个女人。我在等你，一分一秒地等你来。现在是深夜十二点了，我还在等你，你关机了，但我相信你会来。我知道你和他们都是不一样的，你的怀抱你的吻都是有温度的。我是这么爱你。

…………

夜好长啊，现在是四点了。天空开始发亮。我等不到你了。原谅我。我忽然很累，我想走了，其实，很多年前我就想走了。

警察根据这封信开始调查最近和刘文静密切接触者，然后他们把这个别人提供的男人外貌与从前的一系列诈骗案中的那个男人一联系，断定，这是同一个男人。他最明显的外形特点就是，长得太漂亮了。

一个月后的晚上，江子浩问韩光，你愿意去爱一个犯过罪的人吗？她看着他，说，愿意。他问，为什么？她说，因为是适合我的一个人。他看着她，突然明白她早已知道一切。他抱着她，想流泪。

几天后的一个晚上，有人在敲门。他们默默对视。开了门，是警察。江子浩临出门前回过头，用罂粟一样的笑容看着韩光，说了一句，今晚一个人睡，不许害怕，不许哭。

谜底到来的时候，他们走在路上。读长长的信，路两旁落叶纷飞……